·可可爱爱的世界名著·

一只杂交动物

吉竹伸介插图本

[奥]卡夫卡 著　[日]酒寄进一 企划
[日]吉竹伸介 绘　李文俊 冷杉 译

中信出版集团｜北京

图书在版编目（CIP）数据

一只杂交动物/(奥)卡夫卡著；(日)吉竹伸介绘；李文俊，冷杉译. -- 北京：中信出版社，2022.9
（可可爱爱的世界名著）
ISBN 978-7-5217-4545-0

Ⅰ.①—⋯ Ⅱ.①卡⋯ ②吉⋯ ③李⋯ ④冷⋯ Ⅲ.①短篇小说－小说集－奥地利－现代 Ⅳ.① I521.45

中国版本图书馆 CIP 数据核字（2022）第 121978 号

ZASSHU by Shinichi Sakayori & Shinsuke Yoshitake
Copyright © 2018 Shinichi Sakayori & Shinsuke Yoshitake
All rights reserved.
Original Japanese edition published by Rironsha Co., Ltd.
Simplified Chinese translation copyright © 2022 by CITIC Press Corporation
This Simplified Chinese edition published by arrangement with Rironsha Co., Ltd., Tokyo, through HonnoKizuna, Inc., Tokyo, and BARDON CHINESE CREATIVE AGENCY LIMITED

本书仅限中国大陆地区发行销售

一只杂交动物
（可可爱爱的世界名著）

著　　者：[奥]卡夫卡
企　　划：[日]酒寄进一
绘　　者：[日]吉竹伸介
译　　者：李文俊　冷杉
出版发行：中信出版集团股份有限公司
　　　　　（北京市朝阳区惠新东街甲 4 号富盛大厦 2 座　邮编　100029）
承　印　者：中煤（北京）印务有限公司

开　　本：787mm×1092mm　1/32　印　张：7.25　字　数：86 千字
版　　次：2022 年 9 月第 1 版　印　次：2022 年 9 月第 1 次印刷
京权图字：01-2022-2905
书　　号：ISBN 978-7-5217-4545-0
定　　价：23.00 元

版权所有·侵权必究
如有印刷、装订问题，本公司负责调换。
服务热线：400-600-8099
投稿邮箱：author@citicpub.com

目 录

III 序

001 出发

005 一个梦

011 判决

039 皇帝的圣旨

043 一个乡医

061 陀螺

065 家父的担忧

071　在流放地

133　一个庭院保卫战的世相百态

145　桥

149　一只杂交动物

153　饥饿艺术家

179　兀鹰

183　致科学院的报告

207　在法律的门前

序

卡夫卡，其人不可作寻常观。

弗朗茨·卡夫卡，这位被称为世界现代文学的开拓者和奠基者之一的伟大作家，就其生活经历而言，也许除了三次订婚、三次解除婚约、终身未婚之外，可谓是再平常不过了。1883年他生于奥匈帝国的布拉格，是一个犹太商人之子；小学毕业后升入布拉格一所国立德语文科中学；1901年进入布拉格大学德语部，攻读法律，选修德语文学和艺术史；1906年被授予法学博士学位，翌年在一家保险公司任职；自1908年起供职于一家半官方的工人工伤事故保险公司；1917年患肺病，1922年因病离职,1924年病逝,终年只有四十一岁。这便是他短暂而普通的一生:既没有做出什么惊心动魄的英雄业绩,也没有惊世骇俗的举动;既非春风得意,亦非穷困潦倒;既非一帆风顺,亦非颠沛流离。从形而下来看,一常人也。但若从精神层次来进行观察则迥然不同:这是一个充满了矛盾和冲突、痛苦和磨难、孤独和愤懑的内心世界。他在给一度炽烈爱过的女友密伦娜的信中用这样的字句概括了自己的一生:"我走过的三十八载旅程,饱含着辛酸,充满着坎坷。"

卡夫卡是一个犹太人,他不属于基督教世界,而他作为一个犹太人又对犹太教义持异议;作为一个说德语的人,他不完全是捷克人;作为一个捷克人,他又是奥匈帝国的臣民;作为一个白领,他不属于资产阶级;作为一个资产者的儿子,却又不属于劳动者;作为一个职员,他认为自己是一个作家;

可作为一个作家,他既无法完全从事创作也不珍惜自己的作品。正如他是一个二元帝国的臣民一样,他的内心是一个二元的世界,这也就决定了卡夫卡性格上的矛盾性和两重性。无归属感、陌生感、孤独感、恐惧感便成为这样一种性格的衍化物。

犹太民族、斯拉夫民族、德意志民族的成分混杂于一身,使卡夫卡成了一个多重的无归属感的人,成了一个永远流浪的犹太人,成了一个没有祖国的人。他在致密伦娜的信中称自己是莫名其妙地流浪在一个莫名其妙的肮脏的世界上。在另一封同样是致密伦娜的信中,他沉痛地写道:"……可是他(指卡夫卡自己)没有祖国,因此他什么也不能抛弃,而必须经常想着如何寻找一个祖国,或者创造一个祖国。"[①]

[①] 转引自《卡夫卡集》,叶廷芳等译,上海远东出版社,第3页。

VI

在这个他认为是莫名其妙的世界里,在他诞生的布拉格,在他的家里,他把自己看作是一个异乡人。他在敞露心扉的日记里(1913年8月21日)写道:"现在,我在自己家里,在那些与我最亲近的、最充满爱抚的人们中间,比一个陌生人还要陌生。"

当陌生感成为一个人的主宰时,他便不得不从他生活的世界返回自身世界,这样孤独感便成了一个必然的产物。表现在卡夫卡身上,这种孤独感不仅是在生活中、在人际关系上,更重要的是在精神领域里。他的一个同班同学在谈到学生时代的卡夫卡时写道:"……我们大家都喜欢他,尊敬他,可是完全不可能与他成为知己;在他周围,仿佛总是围着一道看不见摸不透的墙。他以那文静可爱的微笑敞开了通向交往世界的大门,却又对这个世界锁住了自己的心扉。……却始终以某种方式保持疏远和陌生。"① 在青年时期，他渴求爱情，但几次婚约和几次解除婚约的事件表明，他更渴求孤独。在他逝世前三年，他在日记中写道："与其说我生活在孤独之中，倒不如说我在这里已经得其所哉。与鲁滨孙的孤岛相比，这块区域里显得美妙无比，充满生机。"这种精神上的孤独感，是一种抗拒现实的外化形式，是一种心灵上的需求。他在给他的好友马·勃洛德的信中说得一语中的："……实际上，孤独是我的唯一目的，是对我的极大诱惑。"②

在卡夫卡的日记、书信、杂感中，读者会一再遇到恐惧这个字眼。恐惧外部世界对自身的侵入，恐惧内心世界的毁灭。正因为他受到恐惧的左右，于是他对生活于其中的城市，他所遇到的人们眼中正常的一切，他对自己的处境：恋爱、职业和写

---

① 《卡夫卡》，瓦根巴赫著，韩瑞祥译，陕西人民出版社，第68页。
② 《卡夫卡》，瓦根巴赫著，韩瑞祥译，陕西人民出版社，第426页。

VIII

作，都怀有一种巨大的恐惧。他写道："我在布拉格过的是什么生活啊！我所抱的对人的这种要求，其本身就正在变成恐惧。"这是他给马·勃洛德的信中所写的。在给密伦娜的一封信中他在谈到这种恐惧的普遍性时写道："我总是力图传达一些不可传达的东西，解释一些不可解释的事物，叙述一些藏在骨子里的东西和仅仅在这些骨子里的所经历过的一切。是的，其实并不是别的什么，就是那如此频繁谈及的，现已蔓延到一切方面的恐惧，对最大事物也对最小事物的恐惧，由于说出一句话而令人痉挛的恐惧。"卡夫卡把写作看作是自己人生的最大追求，是维持他生存的形式，然而恰恰又是写作使他产生了巨大的恐惧，写作成了为魔鬼效劳而得到的奖赏，是一种带来死亡的恐惧。他渴求爱情，渴求建立家庭，然而也正是由于恐惧——恐惧爱情和家庭会使他失去自由，影响他的写作——而迟疑并几次解除婚约。卡夫卡尊敬和熟悉的丹麦哲学家克尔凯郭尔把恐惧和绝望看作是对一个破碎和无意义世界的回答,卡夫卡便生活在他认为是这样的一个世界里,而他本人的本质,他自己用了一个词来表述,这就是恐惧。

卡夫卡,其作品不可作寻常读。

卡夫卡仅活了四十一年,从1903年开始写第一部作品《一次斗争的描述》到1924年逝世前完成的《女歌手约瑟芬(耗子民族)》只有二十一个年头。他从来没有成为一个职业作家,始终是在业余时间进行创作的。他的作品,除去日记和书信,数量并不多;只有三部篇幅并不长的长篇小说:《失踪的人》(即《美国》,1912—1914)、《审判》(1914—1918)和《城堡》(1922),且都没有完成。一些中短篇小说以及也被包括于其内的速写、随感、箴言，如以中文计，与他同时代的一些德语作家相比，如曼氏兄弟、黑塞、德布林、霍夫曼斯塔尔等人，其数量几乎不可同日而语。然而就是这些作品为卡夫卡死后赢得了世界性的声誉，使他被尊为现代派文学的先行者和奠基人之一。因此，我们对他的作品不能作寻常读。

卡夫卡的作品不是通常意义上的作品，有的评论家称其为寓言或半寓言。也许称之为寓言式的作品更为确切些，我们无论是读他的长篇还是中短篇小说（更无须说那些箴言或者随笔了），它们都像是一则寓言。但卡夫卡的寓言式作品显然不同于古代的寓言，如伊索的；不同于经典性的寓言，如莱辛、拉封丹、克雷洛夫等人的。其一，卡夫卡不是去进行一种说教，去宣扬一种道德训诫，而是以非理性、超时空的形式表达了一个现代人对现代社会诸现象的观察、感受、表述乃至批判，或者如卡夫卡的研究者们所说的：卡夫卡的作品是欧洲危机令人信服的自我表白[1]，是"真实的二十世纪神话"[2]。其二，卡夫卡寓言式作品的多义性。无论是古代的或者是经典的乃至现代的寓言都没有给读者更多的思考空间，它告诉你的只是一种意义、一个教训，或是道德的伦理的，或是社会的生活的。但卡夫卡的作品通过诡奇的想象，违反理性的思维，不可捉摸的象征，非逻辑的描述，有了丰富的神秘的内涵，从而有了多义性和接受上的多样性甚至歧义性；换一个立足点来说，是作品本身妨碍了或阻止了我们去做单一的解释。

法国荒诞派作家加缪对此有很好的表述，他在

---

[1] 海·波里策：《卡夫卡研究的问题和疑难》，载《论卡夫卡》，叶廷芳编，第214页。
[2] 威·埃姆包希：《卡夫卡的图像世界》，载《论卡夫卡》，叶廷芳编，第361页。

XII

《卡夫卡作品中的希望和荒诞》一文中写道:"卡夫卡的全部艺术在于使读者不得不一读再读。它的结局,甚至没有结局,都容许有种种解释……如果想把卡夫卡的作品解说得详详细细,一丝不差,那就错了。"[1] 我们不能也不应从卡夫卡的作品中去寻求一个终极意义,一种得到普遍认同的结论。不同阶层的读者,不同的心态,不同的角度(伦理的、道德的、宗教的、社会学的、美学的),不同的时代和不同的时间场合都会成为解读卡夫卡作品的一个重要因素。同样,我们也不要想一下子就读懂他的作品,也许你读了几遍也感到莫名其妙,一片懵懂,说不出所以然。但是,你在阅读期间,在掩卷之后,定会产生某种情绪,你的感官必会有所反应:或者惊愕,或者恐惧,或者悲哀,或者痛苦;

---

[1] 威·埃姆包希:《卡夫卡的图像世界》,载《论卡夫卡》,叶廷芳编,第361页。

抑或皱眉、沉思、困惑、叹息。总之，你必受触动，必有一得。之后，你不妨再理性地去对它们进行你自己的阐释，绘出你自己的卡夫卡像来。

作家们都是在用自己的笔去构建一个世界，卡夫卡则主张创造一个独特的世界。从他的第一篇作品《一次斗争的描述》到他的最后一篇作品《女歌手约瑟芬（耗子民族）》，人们都能明显地感觉到，那是一个象征性的、寓意的、神秘的、梦魇般的世界；那里面五光十色，有离奇古怪的场景，有超现实、非理性的情节，有象征化的动植物，有异于世俗常人的形象，人物有荒诞的非逻辑的行为举止。无须举他的长篇小说为例，在这个中短篇小说选本中，像《一个乡医》《在流放地》《饥饿艺术家》《致科学院的报告》等，每一篇都是如此。然而，恰恰这些在正常人看来是不可能的、不可能存在的、不可能发生的，在卡夫卡笔下，借助细节上描绘的精确性，心态上的逼真酷似，特别是整体上的可信性，就产生了一种心理上的真实，一切都变成了现实，可触摸到的，与我们息息相关，甚至就像发生在自己身上一样。这种基于整体上的悖谬和荒诞上的真实都令一向反对现代派的卢卡契大为赞叹，他在《卡夫卡抑或托马斯·曼》一文中写道："恐怕很少有作家能像他（指卡夫卡）那样，在把握和反映世界的时候，把原本的东西和基本的东西，把对前所未有的事物的惊异，表现得如此强烈。"[①]

卢卡契上面这段话当然是对的，但是我们不能把整体上的非真实性和细节上的真实性截然分开，从而得出如他所说的："从形式上的特点这一角度看，卡夫卡似乎可以列入重要的现实主义作家，主

---

① 载《论卡夫卡》，叶廷芳编，第339页。

观地看，他还在更高程度上属于这个家庭呢。"① 卢卡契这篇文章的本意是对卡夫卡从细节上肯定，从整体上加以否定。从实质上来看，卡夫卡笔下的精神世界与经验世界是相互交织、相互干扰和相互渗透的，甚至达到一种两者之间的界限模糊的程度，精神真实与感生真实之间的界限不复存在了。这样，就如威·埃姆包希所表述的那样，卡夫卡作品中的"精神之物再也不是在经验之中和一切经验之上游移的不可理解、不可捉摸的东西了……而是作为一种十分自然的真实出现在眼前，但同时，这个真实也突破了一切自然真实的法则"②。现在我们可以说了：卡夫卡不是去复制，去摹写，去映照现实，而是独辟蹊径用非传统、反传统的方式去构建了一个悖谬的、荒诞的、非理性的现实；而这个现

---

① 载《论卡夫卡》，叶廷芳编，第339页。
② 载《论卡夫卡》，叶廷芳编，第347页。

实从某种角度上来看，比自然现实更为真实，能使读者更为悚然、更为惊醒，使人对自身和对社会的认识和批判更为深化和强烈。

高中甫

2018 年 1 月

出发

我吩咐仆人把我的马从马厩里牵出来。仆人没听懂我的话。我亲自去到马厩,给马上了鞍具,骑上了马。

这时我听到从远处传来了号声,就问仆人这号声代表什么。他却什么也不知道,什么也没听到。

在大门口,他把我拦住,问:"您骑马要上哪儿去,先生?"

"我也不知道,"我回答,"只是离开这里,只是离开这里。不断地离开这里,只有这样,我才能达到我的目标。"

"这么说来,您是知道您的目的地喽?"他问。

"没错，"我回答，"我不是说过吗：'离开这里。'这，就是我的目标。"

"可是您没带口粮啊。"他说。

"我不需要口粮。"我说，"路途那么遥远，如果路上得不到吃的，我必定饿死。没有口粮能救我。很幸运，这是一次真正意义上的非凡之旅。"

冷杉　译

一个梦

约瑟夫·K做了一个梦：

一个风和日丽的白天，K想出去散散步。可是还没走几步，他就已经到了公墓。去那儿有几条精心铺设、曲里拐弯、不太实用的小径，可他却在这样一条小径上平稳地滑行，就像滑过一条湍急的河流，姿态优美潇洒，一往无前。

从大老远他就瞅见了一座新堆起的坟头，他想在那儿停下脚步。这个坟头对他几乎有一种诱惑，他想尽快过去一探究竟。有时候，他几乎看不见这个坟头，因为它被一些旗子遮掩了，它们像头巾般翻来卷去，噼里啪啦地相互拍打；看不到掌旗人，却好像从那儿传来一片欢呼声。

在他仍举目张望远处时,他猛地发现这座坟头就在身旁的路边,近在咫尺,他差点儿就走过了。他急忙往草丛里跳。就在他往下跳时,路继续在他悬空的脚下飞奔,落地后他趔趔趄趄地站不稳,一下子正好跪在了这座坟头前。

两个男人站在坟后面,手里共同高举着一块墓碑;K刚一出现在眼前,他俩就把墓碑插进土里,它就像砌上去的那样牢牢竖在那里了。

紧接着从灌木丛里走出第三个男人,K一眼就看出他是个艺术家。他只穿着一条裤子和一件歪歪扭扭扣上的衬衫,头上戴着一顶平绒帽,手里拿着一支常见的铅笔,一边走过来,一边用它在空气中写写画画。

就用这支铅笔,他在墓碑上端写起字来了;这块碑石很高,他根本不用弯腰就能在上面写字,可他还是必须弯腰探身,因为坟头挡在他和墓碑之间,而他又不愿意踩在坟头上。于是乎,他踮着脚尖,左手撑住墓碑平衡好自己,就用那支普通的铅笔,凭着非常精湛的技艺,竟然写出了金光闪闪的大字;他写下了:"这里安息着——"

每个字母都显得那么纯净和美丽,深深镌刻在碑石上,完美地闪着金光。写完这几个字后,他扭头瞧着 K。

K 正着急地等着读下文呢,没有工夫留意这个写字的人,而只是死盯着墓碑。这人又写起来了,可是写不下去,仿佛心里有什么障碍,他垂下握着铅笔的右手,又扭头瞅着 K。这次 K 也瞅着艺术家了,注意到他十分窘迫,却又有苦说不出似的。他刚才的朝气蓬勃劲儿全都消失了。K 也很窘迫,俩人面面相觑,交换着无可奈何的目光。这是一次讨厌的误会,没人能消除得了这种误会。

这时候,小教堂墓园的小钟也不合时宜地敲响了,但随着艺术家举起手来挥舞,钟声就停止了。可是片刻之后钟又敲响了,这次响得很轻,而且没有谁特别关照,很快就又沉寂了;仿佛只是乐队在调音。

K 为艺术家的处境感到很悲伤,哭出声来,用两手捂住脸啜泣了很久。

艺术家耐心地等着 K 平静下来,然后决定无论如何要写下去,因为找不到别的办法。他接着写出来的第一笔对 K 来说就是一种解脱,但显然它是艺术家非常违心地写出来的;字迹也没有刚才那么漂亮了,尤其是它不闪金光了,变得黯淡而没有底气,只有字母依旧写得这么大。这是一个 J[①],艺术家刚把它写完,就气得一脚踩进这个坟头,顿时堆

[①] 约瑟夫的起首字母。——译者注

起的土四散飞溅,扬起老高。

　　K终于明白他的意思了,可是求他别写已经来不及了;只见艺术家用十个手指头刨起土来,而土基本没有抵抗,松软得就像一切已经准备就绪;坟头上只铺了一层薄土掩一下;刨开这层松土,顿时露出陡直的坑壁,一个很大的墓穴洞开。

　　K被身后的一股暖风所推,一头栽了进去。沉底后,他脑袋进了后脖颈,倒竖着,被无尽的深渊所吞没;而在上面,碑石上正狂草遒劲地书写着他的名字。

　　他为这番景象欣喜若狂,一下子梦醒了。

冷杉　译

判決

在一个星期天的上午，春光那么明媚，格奥尔格·本德曼，一位青年商人，坐在他自己位于二层楼的房间里。这是一栋低矮的简易楼，这种楼房沿着河盖了一长串，几乎只在高度和颜色上有所区别，蜿蜒而去。他刚给一个住在国外的儿时朋友写完一封信，悠然自得地把它封好糊上，然后把两只胳膊肘撑在书桌上，双手托腮凝视着窗外的河道、桥梁与对岸嫩绿的山坡。

他思来想去，觉着这位朋友实属不易，早先对自己在家乡的发展很不满意，就在几年前正式出逃到俄国，目前在圣彼得堡经营一家商铺，开始生意还挺红火，但接着就好像走了下坡路，很长时间没有起色了。他回国的次数越来越少，每次见面时都少不了诉一番苦。就这样，他在异国他乡徒劳地打拼，苦苦硬撑着局面。他那俄国式的络腮大胡子，也很难掩盖他那张本德曼打小就太熟悉的脸，这张脸现在那么焦黄，像是有病，而且病情在持续恶化。据他所述，他与俄国当地的本国侨民没有什么实质的联系，与当地的俄国家庭也几乎没有任何社交往来，他已决定死心塌地过一辈子单身生活了。

给这样一个人写信，该写些什么呢？很显然他已经误入歧途了，令人感到惋惜，但也爱莫能助。也许应当建议他回国返乡，在此地谋生存，恢复所有的老交情——这一点儿也不成问题——并且信赖老朋友们的帮助。

但这样写合适吗？因为这只能意味着，他迄今为止的一切尝试都失败了，他最终应该放弃所有在国外的努力,不得不回国归乡,让所有人瞪大眼睛,吃惊地瞅着这个迷途知返的人;只有他的朋友们多少理解他一些,他毕竟一直是个老小孩,但现在必须回来追随这些留在家乡干得很不错的朋友。但是,这样的话写得越委婉,就越会刺伤他的自尊心,弄不好会让他更痛苦。你能保证你的信有任何作用吗?也许连说服他回国都做不到——他自己都说过,他已经理解不了家乡的境况了。这样一来,他可能会不顾一切地留在异国他乡,规劝他只会伤他的心,从而使他离朋友们更疏远一层。而如若他真的听从了规劝,回来了却只能感到沮丧和消沉——这当然不是朋友们故意害他,而是这里的现实造成的;他会发现自己融不进朋友中去,但是没有朋友也不行,会总觉得没脸;这才真的是赔了夫人又折兵,家乡没了,朋友也没了。与其这样,还不如继续待在国外好呢,对不对?有鉴于此,你还能认为他回来真的会东山再起吗?

出于上述原因,如果你还想和他保持通信联系,就不能真的告诉他什么消息;这些消息讲给交情最浅的人无妨,告诉他这个至交却麻烦。这个朋友已经三年多没回国了,说是因为俄国的政局不稳所致。这样解释很牵强:政局再不稳,也不至于不让一个小商人短期出境吧,而与此同时,成百成千的俄国人正优哉游哉地在世界各地旅行呢。

就在这三年里,格奥尔格的生活中发生了许多变故。他母亲在大约两年前去世,从那以后他就和年老的父亲生活在一起,共同负担日常开销。后来,这位朋友获悉了格奥尔格母亲过世的消息,就写来一封信,干巴巴地表达了哀悼,语气那么淡漠,其原因只可能是,为这样的事过于悲伤在异国他乡是完全不可想象的。

从此以后,格奥尔格就重新振作起来了,处理各种事更加麻利果断，在生意上也不例外。也许，母亲在世时，生意上的事父亲一直独断专行，妨碍了儿子真正有所作为。但在母亲去世后，虽然父亲仍在店里上班，他也许是有所收敛，让儿子放手一搏；也许最重要的原因是（甚至很显然是）：碰上了好运气。总而言之，生意在这两年有了出乎意料的发展。店员扩充了一倍，营业额翻了五番，前景无疑会更光明。

可是这位朋友对这个变化一无所知。此前，最后一次可能就是在那封哀悼信里，他甚至还在试图劝说格奥尔格移居俄国，并向他描绘了一幅图景，说格奥尔格如果在彼得堡开一家分店的话，前景将会如何如何美好。他所展望的营业额，与格奥尔格的商店现在所具有的规模相比，简直可以忽略不计。但是，格奥尔格一直没有写信告诉这位朋友自己在生意上的成功。到现在，时间已经过去那么久了,你才提此事,岂不有点儿奇怪吗?

鉴于此,格奥尔格在给这位朋友写回信时,就只写些无关宏旨的小事,就像人在一个宁静的星期天独自遐想些生活琐事,脑海中涌现出一些杂乱无序的回忆。他只是不想破坏这位朋友长久以来已经对故乡形成并乐见的想法。于是,格奥尔格在三封相隔很久的信中,都向这位朋友讲述了一个无关紧要的男人与一个同样无关紧要的姑娘订婚的事,直到这位朋友开始对这件奇事发生兴趣为止。这可是与格奥尔格的初衷完全相悖了。

格奥尔格却是,宁可对朋友津津乐道这等绯闻,也不愿向他坦白,自己已在一个月以前,与一位名叫弗丽达·布兰登菲尔德的富家小姐订了婚。他时常对未婚妻说起这位朋友,以及与他有些特别的通信的情形。

"那么他是肯定不会来参加咱们的婚礼喽,"她说，"可是我有权认识你所有的朋友呀。"

"我是不想打扰他而已。"格奥尔格回答未婚妻，"你别误解我，他应该是会来的，至少我相信他会来，不过他会觉得很勉强和受伤。也许他会嫉妒我，这样肯定就会对我不满，却又无能为力去消解这种不满，他会孤零零地踏上归途。孤独感——你知道这是一种什么感觉吗？"

"这我知道。可他难道不能通过别的途径知道咱们结婚吗？"

"这我当然阻止不了他知道，不过从他的生活方式来看，这显然不大可能。"

"格奥尔格，既然你有这样的朋友，你原本就不该订婚的。"

"是呀，这是咱俩的错；可放在现在我还是会和你订婚的。"

她在他的热吻下仍喘息着说：

"可是这真的伤我的心。"

他一听这话，就确定了写封信把这一切都告诉这位朋友，倒也干脆明了。

"反正我就这样了，他爱咋办随他便。"他心说，"我总不能为了和他的友谊，就憋屈自己；为了也许更合他的意，就削足适履。"

于是就在这个星期天的上午，在写给他这位朋友的这封长信里，他用如下的话语告诉他确实发生了订婚的事：

"我把最好的消息留在最后告诉你：我已经和一位弗丽达·布兰登菲尔德小姐订婚了，这个姑娘出身富家，在你出国很久之后，她家才搬到这里，因此你肯定不认识她。关于我的未婚妻，以后我会找机会给你讲得更详细一些；今天嘛，我就告诉你我很幸福就足够了。而这件事对于咱俩的关系，迄今为止唯一的变化只在于：你将发现我现在不仅只是你的一位惯常的朋友,也是你的一位幸福的朋友了。此外,你将得到我的未婚妻诚挚的致意,不久她就会亲自给你写信,她会成为你的一位真诚的友人,而这对于一个单身汉来说,不会是毫无意义的吧。我知道,你百事缠身,回来一趟看我们难以成行。那就请你以我的婚礼为契机,把所有的阻挠一股脑地抛开好吗?无论如何,丢掉烦恼,别有顾虑,只遵从你的心愿去做就好。"

手里拿着这封信,格奥尔格长久地坐在书桌前,面对窗户。一个熟人从巷子口走出来路过窗前,向他打招呼,他也只是心不在焉地笑笑作答。

最终他把信插进衣兜,走出他的房间,穿过一段短的过道,来到他父亲的房间。已经有好几个月他没来过这里了。平时没有必要来这里,因为父子俩总会在商店里有交集的。他们同时在同一家餐馆里吃午饭,晚饭则按照各自的喜好,各吃各的;不过晚饭后，他们会在共同的起居室里坐一会儿，通常是各自拿着一份报纸看。格奥尔格如果不是和朋友们在一起（这是最常见的情况），或是如现在这样常去看他的未婚妻，那么上述情况就是他和父亲的常态。

格奥尔格很是吃惊：即便外面晨光明丽阳光灿烂，父亲的房间却仍然那么昏暗。屋里大片的阴影是立在狭窄院落中的一面高墙投射下来的。父亲坐在靠窗的一个角落里，那里摆放着格奥尔格的亡母的几件纪念物。他正在读报，把报纸侧举在眼前，以便弥补视力的某种缺陷和光线的不足。桌上摆着吃剩的早餐还没收拾，看起来没吃多少。

"啊，格奥尔格，是你！"父亲说完立刻朝他走过来。他一走动，厚重的睡衣就敞开了，睡衣的下摆围着他的身体拂动。

"我爸爸还是那么高大，像个巨人。"格奥尔格心想。

"这里暗得受不了。"接着他说。

"是啊,是太暗了。"父亲附和道。

"你把窗子也关上了?"

"我宁愿关着窗。"

"外面可暖和了。"格奥尔格说道,像是接续刚才的话题,并且坐了下来。

他父亲把早餐用过的餐具收拾起来,搁在一个橱柜上面。

"其实我就是想跟你说,"格奥尔格接着说道,心情十分忐忑地注视着老人的一举一动,"我还是把我订婚的事写信告诉了彼得堡那边。"他把信从衣兜里抽出来一点儿,又丢了进去。

"彼得堡那边?"父亲不解地问。

"就是写给了我在彼得堡的那个朋友。"格奥尔格解释道,目光搜寻着他父亲的眼神儿。——"他在店里就像换了一个人似的,"他心说,"哪像他现在这副样子:大模厮样地坐在那里,胳膊搂在胸前。"

"嗯。你的朋友。"父亲加重语气说道。

"你知道吗,爸,本来我不想把我订婚的事告诉他的。这是出于慎重的考虑,没别的原因。你自己也知道,他是个很难相处的人。我琢磨着,从别人那里他也能得知我订婚的消息——这我就阻止不了了,虽说就冲他独往独来的生活方式,这也几乎不可能。反正从我这儿他没法儿知道这事就行了。"

"那么现在你又改变主意喽?"父亲问道,他把很大张的报纸放在窗台上,再把眼镜摆在报纸上,用一只手捂住眼镜。

"是的,这事我又考虑过了。我想,既然他是我的好朋友,我的幸福订婚对他来说也是一种幸福。因此我不再犹豫了,就把这事对他和盘托出了。不过在把信寄走之前，我想跟你说一下。"

"格奥尔格，"父亲咧开牙齿掉光了的嘴说，"你给我听好了！你为这事来找我，想跟我商量一下。你一定觉得自己很光彩了是不是？可是你现在如果不把全部实情讲出来，那这一切就全等于零，而且比这事本身还气人。我不想扯远了，自从你亲爱的母亲去世后，显然发生了一些不美好的事情。也许以后会有时间说清这些事的，也许这时间来得比我们预想的要早。生意上的事有些我不知道也就罢了，也许并没瞒着我什么——现在我一点儿也不想考虑对我有所隐瞒的事了——反正我已经精力不济，记性也不好了。我再也做不到眼观六路耳听八方了。这首先是岁月无情，年龄不饶人；其次是你母亲的过世对我的打击远比对你的大。——不过，咱们还是言归正传，就说这封信吧，格奥尔格，请你一定不要蒙我啊！反正这是小事一桩，小到鸡毛蒜皮,你就更没必要蒙我啦。你真有这样一个朋友在彼得堡吗?"

格奥尔格窘困地站起身来。

"咱们就甭提我那些朋友啦。一千个朋友也抵不上我老爸呀。你了解我的想法吗?你不够重视自己的身体。可是岁月不饶人啊。在生意上我不能没有你,这点你也很清楚。可是生意如果损害你的健康,那我宁愿不要生意,明天商店就永远关门大吉。现在这样不行。必须为你安排另一种生活方式,一种全新的生活方式。比方说,你坐在这样阴暗的空间里,而客厅里却阳光充足;你早饭只吃一点点,不好好保养身体;你坐在紧闭的窗子旁,而新鲜空气会对你很有好处的。不行的,爸爸!我要把医生请过来,咱们必须遵照医生的话去做。咱们要交换房间,你搬到前屋去,我搬到你这儿来。你不会觉得不习惯的,你屋里的所有东西都会跟着你搬过去的。不过，这一切要花点儿时间。现在，你去床上躺一会儿吧，你肯定需要休息的。来，我帮你脱掉衣服，你会看到，我能做得很麻利。或者，要是你现在就想去前屋的话，你就先在我的床上躺着吧。这也是很明智的做法。"

格奥尔格紧挨着他父亲站着，老人白发蓬乱的头低垂在胸前。

"格奥尔格。"做父亲的低声叫他，身子一动不动。

格奥尔格立刻在父亲身旁跪下，他看见父亲疲惫的脸上，一双眼珠子瞪得老大，正从眼眶里斜视着自己。

"你没有朋友在彼得堡。你向来都爱捉弄人，连对我你都不收手。你怎么可能在那儿有朋友！我根本就不信。"

"爸，你再想想，"格奥尔格边说边把父亲从扶手椅里拉起来，见父亲很虚弱地站着不动，他就给他脱掉睡衣，"打从我这位朋友上次来咱家拜访，都过去三年多了。我还记得很清楚，你不是很待见他。起码有两次，他正在我房间里坐着，我却对你不敢承认。我很能理解你不待见他，我这位朋友实在太各色了。可是后来你却和他聊得特别投机。那时，见你倾听他说话，频频点头和提问，我还特别自豪有这个朋友呢。你回忆回忆吧，一定能想起他来。那时他还讲了好多俄国革命的难以置信的事。比如说，他有一次去基辅出差，正赶上暴乱，他看见一个神父站在阳台上，用刀子在自己的掌心上刻出一个很大的血十字架，然后举起这只手，向人群大声呼吁。这个故事，你自己还时不时地提起过呢。"

格奥尔格一边说着，一边让父亲重新坐下，细心地帮他脱掉亚麻内裤外面的针织裤，还有袜子。

瞅着父亲的衣服不太干净，他不禁有点儿自责，疏忽了对父亲的照顾。提醒父亲换衣服当然也该是他的职责。他还没跟未婚妻明说过，将来怎样安排父亲的生活，但他俩已经达成了默契，父亲肯定应当继续一个人住在老房子里。而眼下，他的决心已定，要把父亲接到他未来的家中去。他这个心情十分迫切，就好像到那时再照顾父亲，可能为时就太晚了。

他把父亲朝床上抱过去。就在走向床的这几步中，他发现父亲在摆弄他胸前的那根表链，不禁吃了一惊。他没法儿把父亲立刻放到床上去，因为父亲紧紧地抓着这根表链。

可是父亲刚一上床，一切又好像恢复了正常。他自己给自己盖上被子，还特意把被子往上拉过肩膀。他望着儿子，目光没有不友好。

"好了，你想起他了吧？"格奥尔格问父亲，还鼓励地朝他点点头。

"现在我被子盖好了吗?"父亲问儿子道,好像他自己看不见双脚盖住了没有。

"你躺下来就舒服了。"格奥尔格说着,把被角好好掖了一下。

"我盖好被子了吗?"父亲又问了一遍,并且显得十分留心对方的回答。

"你放心吧,盖得好好的。"

"没有!"不等儿子话音落下,父亲就大吼一声。他猛地掀飞被子,致使它整个儿在空中展平了一下才落地。父亲直直地站在床上,只用一只手轻轻地撑着天花板。

"我知道你想把我盖上,好你个小孬种,可我还没有被盖上呢!我虽然只有最后一点儿力气,但对付你足够了,而且有富余!我当然认识你的朋友。他本该是我的儿子,他正合我意。正因为如此，你才好多年也一直在骗他。不然还能因为什么？你以为我没有为他哭过吗？所以你才把自己锁在办公室里，'经理有事，不要打扰'，这样你好往俄国写你那些假话连篇的信。幸亏你老爸不用人教，就能看穿儿子的鬼把戏。就像你现在相信的那样，你把他打败了，他败得体无完肤，让你能一屁股坐在他身上，而他一动不敢动。然后我的儿子先生就决定结婚了！"

格奥尔格抬头望着他父亲那副狰狞的样子。父亲怎么突然一下子那么了解这位彼得堡朋友，这让这位朋友前所未有地闯进了格奥尔格的视野。他仿佛看到他丧魂落魄在遥远的俄罗斯，看到他站在被洗劫一空的商店门旁。他正置身在货架的废墟中，站在七零八落的货物和歪扭坍落的煤气管道中。他为什么非要跑大老远去俄国呢！

"看着我！"父亲吼道。格奥尔格十分错愕，为了搞清这一切是怎么回事，就快步朝床走过去，走到一半却站住了。

"只因为她撩起了裙子，"父亲换了说下流话的腔调，接着说，"把裙子撩得那么高，这个风骚的小娘儿们，"为了给儿子做示范，他高高撩起了自己的衬衣，露出了大腿上战争年代落下的伤疤，"就因为她把裙子这样、这样、这样地撩了起来，你就扑上去把她那个了。你为了能在她身上随心所欲地满足自己，就亵渎了对你母亲的怀念，背叛了你这个朋友，还把你父亲我塞到床上，想让我动弹不得。可我倒要让你瞧瞧，我还能不能动？"

他放下撑着天花板的手，站在床上，怡然自得地摆起了芭蕾腿。他为自己有高超的判断力而喜不自胜。

格奥尔格站在一个角落里，尽可能离父亲远一点儿。早在这之前他曾下定决心，把周围一切观察个仔细,免得让自己遭到任何不明袭击,无论来自背后、头上或曲里拐弯的什么地方。现在他又想起了这个早就忘了的决心,可随即又忘了,就像人抻一根刚穿过针眼儿的短线。

"但是,你的朋友没有被蒙蔽!"父亲一边叫着,一边使劲摆动食指以示强调,"我就是他在这儿的代理。"

"滑稽表演!"格奥尔格禁不住脱口而出。随即意识到惹祸了,他立刻咬住嘴唇,可是已太晚,他瞪着两眼使劲咬,直到咬得生疼。

"没错,我当然是在滑稽表演!演滑稽戏!你说得好!除了这,你丧妻的老爸还有什么安慰?你说——趁眼下你还是我活着的儿子,回答我的问题:我,住在我的后屋里,受到不忠诚的仆人的暗算,只剩下一把骨头了,我还能干什么呢?而我的儿子却志得意满地招摇过市,做成了一笔笔我打好了基础的生意，高兴得翻着跟头，在他老爸面前却绷着个脸像个正人君子，不吱一声就开溜！你以为我没爱过你吗，我是一个任你说走就走掉的父亲吗？"

"他就要往前倾倒了，"格奥尔格心想，"让他垮塌，摔成碎块儿！"这个念头闪过他的脑瓜。

父亲的身体果真向前倾斜了，但没有倒下。由于格奥尔格没有像他期待的那样走近过来，他又挺直了。

"你就待在那儿好了，我不需要你了！谁不知道你的心思：走过去的劲儿有的是，就是不愿意过去。可是你别搞错了！我还是一直比你强壮得多。单靠我一个人，我也许不得不服软，可是你母亲把她的力量给了我，另外你的朋友我也和他建立了很好的关系，你的顾客名单也在我的衣兜里！"

"他连衬衫上都有兜儿！"格奥尔格自言自语

道，仿佛以为就凭这一发现，就能让他父亲无颜在这世界上见人似的。不过，他想到了这个只是一眨眼的工夫，因为他一直在随想随忘。

"尽管吊着你未婚妻的膀子到我面前来吧！还没等你弄明白怎么回事，我就让她从你身边消失！"

格奥尔格扮了个鬼脸儿，表示不信这话。父亲只是朝儿子躲的角落点点头，表示他说的话千真万确。

"原来你今天过来和我聊天，只是为了问我，该不该把你订婚的消息写信告诉你的朋友。其实他什么都知道，你这傻小子，他什么都知道了！我给他写信了，因为你忘了拿走我的文具。虽然他好几年没回来了，他却什么都了如指掌，比你还门儿清一百倍。你写给他的信，他读都不读就用左手揉巴揉巴扔了，同时用右手拿着我的信读得津津有味！"

他兴奋得手臂在头上挥舞。"他什么都知道，比你还了解一千倍！"他叫道。

"不止，一万倍！"格奥尔格这么说，本意是要讥讽父亲，可是话一说出口，怎么听怎么严肃得要命。

"我已经留意好几年啦，就等着你过来问这个问题。你以为我还会操心别的事吗？你以为我就会读报纸吗？喏——"他扔给格奥尔格一张报纸，也不知他是怎么把它带到床上的。这是一张老报纸，有一个格奥尔格完全不知道的报名。

"你犹豫了太长时间，才终于下定了决心！这期间你母亲去世了，没等到经历这喜庆的日子；你朋友在俄国走投无路，三年多前就百无一用，干什么黄什么了；而我呢，你也看到了，成了现在这副样子。你倒是睁眼瞧瞧啊！"

"原来你一直在找机会整我啊！"格奥尔格大叫。

父亲点着头随口说："这话你显然早就想说了。只是现在说一点儿用也没有了。"

他加大嗓门儿说："现在你知道了，这世上除了你还有别人。可是迄今为止你只知道你自己！确实你是个无辜的孩子，但确实你更是个魔鬼！——因此你听好了：现在我宣判你溺水而死！"

格奥尔格恍觉自己被逐出了房间。父亲在他身后轰然坍塌在床上发出的巨响，仍然在他耳畔回荡。他匆匆忙忙地走下楼梯，就像滑过一块斜面似的，差点儿撞上了他们的女仆，把她吓了一大跳。经过一夜，她正要上楼去打扫房间。"主啊！"她呼道，用围裙捂住了脸，可是他已经跑得无影无踪。

他蹿出大门，穿过车行的轨道，奔向河水。他已经抓牢了栏杆,就像一个饿鬼死抓着食品。他一片儿身撑在了栏杆上,就像优秀体操运动员的一个侧身上马的动作;他少年时曾以这个动作让父母很为他骄傲。他的手渐渐有些撑不住了,可他仍紧紧握住栏杆。透过栏杆间隙,他望见一辆公共汽车开了过来,行车的噪声将会很容易盖过他落水的声音。

他轻唤一声:"亲爱的父母,我一直都爱着你们。"

然后,手一松掉了下去。

此时,望不到头的车流正通过桥面。

冷杉 译

皇帝的圣旨

据传说，有一位皇帝，向你这个人下了一道圣旨；你这无名小卒，可怜的臣民，在皇天普照之下逃到最远的阴影下的卑微之人，居然在皇帝弥留之际要领受皇帝给你下的圣旨。皇帝让钦差跪在御榻前，悄声向他交代了这道圣谕；这圣谕对皇帝如此重要，他命钦差在他耳边重复了一遍。听罢，皇帝点点头，表示钦差的复述无误。

驾崩前，皇帝当着满朝文武大臣的面，亲自遣送走了御使；当时所有碍手碍脚的墙壁均已拆毁，帝国的大员们围成一圈，肃立在摇摇欲坠、宽阔高大的玉阶之上。

御使即刻上路，他是个壮硕如牛、不知疲倦的人，在人群中忽而伸出左手、忽而伸出右手给自己开道儿，像个在泳道中左右开弓、劈波斩浪的游泳运动员；如遇到抵抗，他就指指自己胸前的皇家太阳徽标；如此他便如入空境，轻松前行。可是人群乌泱乌泱，家舍成片成片望不到头。

倘若在空旷原野，他会健步如飞，很快你便能听到他敲你家门的悦耳乐音。

可惜这不是事实，他在做无用功。他一个劲儿地想挤出内宫的殿堂，可是永远穿不过去；就算他冲过去了，那也不算完，还有台阶等着他挤；就算台阶挤下去了，仍没有完，还有许多庭院等着他绕；过了这些庭院，还有第二层宫阙等着他；接下去又是新一轮儿石阶与庭院，之后是第三层宫阙；就这样一直在千年帝都走；好不容易他终于要冲出最外层的大门了。

但这是断断不会发生的事情,还有整整一个帝都横亘在他面前。这世界的中心住满社会底层的渣滓,垃圾山拔地而起,让人头皮发麻。不会有人在这里玩儿命挤了,更不用说一个怀揣着死皇帝下给一个平民的圣旨的钦差了。而你,晚上坐在窗前,还梦想着你的接旨呢。

冷杉 译

一个乡医

我处在很尴尬的困境中：面临一趟紧急的出诊；一个重病人正在远在十里外的一个村子里等着我；猛烈的暴风雪正席卷我与他之间的广阔大地；我有一辆马车，很轻便，大轱辘，很适合在我们这儿的乡村道路上行驶。

我已裹好皮大衣，手里提好了医疗器械包，做好了一切出发的准备，站在院子里——可是没有马，拉车的马。我自己的马在昨天夜里，终因经不起这冰天雪地、寒风凛冽的严冬，而筋疲力尽倒毙了；我的女仆正忙着在村里到处借马，但是我知道希望渺茫。

而且积雪越来越厚,变得越来越难以活动,我只好干站着,茫然无措。

这时女仆出现在大门口,独自一个人,晃着手里的灯;这也难怪,谁会在这风雪夜借出他的马跑这大老远的路呢?

我又一次在院子里来回踱步;我一筹莫展;我心烦意乱,苦恼地踢了一脚已经多年没启用的猪圈的破门。圈门给踢开了,吱扭吱扭地围着门轴摇来摆去。

热气夹带着好似马的气味扑面而来。里面,一盏挂在一根绳子上的厩灯来回晃动着,发着幽暗的光。一个男人蜷缩着,蹲在低矮的圈栏里,露出他那开放的脸盘,一双蓝眼睛圆睁着。

"要我套马吗?"他问,手脚并用地爬出来。

我不知道说什么好,只是弯下腰去瞧圈里还有什么。

女仆站在我身边，说道："有时候人愣是不知道，自己家里还有什么宝贝。"说得我们俩都大笑起来。

"你好，兄弟！你好，妹子！"这马夫打招呼道。

跟着出现了两匹马，是剽悍的高头大马，健美的腿紧贴着身体，双蹄弓着，端庄俊美的头颅像骆驼那样低垂着，完全依靠胯部扭动的力量，铆足劲儿从被它们的身子堵得满满的猪圈门洞里，一先一后地挤了出来。出来后它们马上就站直了，马腿修长，马身热气腾腾。

"你去帮他一把。"我吩咐道。

听话的女仆赶紧跑过去把挽具递给那马夫。孰料姑娘刚一走近他，他就一把搂住她，把脸贴在她脸上使劲亲。姑娘尖叫一声，逃回到我身边；两行红红的牙印印在姑娘的脸颊上。

"你这畜生!"我大怒道,"想挨鞭子了吗?"

但马上想到,他是个陌生人;我还不知道他打哪儿来的,而且在别人都拒不帮我忙的时候,他却自告奋勇伸出援手。

他好像猜出了我的心思,对我的威胁并不介意,忙着备马,在把马套上车之后,转过身来对我说:"上车吧。"

果然,一切准备停当。我一看,这样漂亮的马车我以前还真没坐过,就高高兴兴地坐了上去。

"不过得由我来赶车,你不认识路。"我说。

"那是当然,"他说,"我根本就不陪你去,我和罗莎待一块儿。"

"不!"罗莎大叫一声,跑回了房子,正确预感到了自己即将遭遇厄运;我听到她把门闩链当啷一声套上;又听见啪的一声门关上,钥匙在锁眼里吱扭吱扭拧好;我看见她飞快地跑过走廊,轻盈地穿过一个个房间,一路上把灯一个个关掉,好让人发现不了她。

"你和我一起去,"我对马夫说,"不然我也不去了,甭管这一趟有多紧急。我可不要为了这趟出诊,把一个大姑娘当代价交给你糟蹋。"

"驾!"他却不由我分说就吆喝一声,拍拍手,马车就向前冲了出去,像落入激流的圆木。

我还听见我的家门在马夫的狂飙突进下被撞碎,然后我的眼中和耳朵里就全是猛烈冲击所有感官的风驰电掣了。不过,这也就是一刹那工夫,因为我已经到目的地了,仿佛我家的院子对过儿就是我病人家开着门的院子似的,两匹马静静地站着。

降雪已经停止了;四周月光皎洁,遍洒清辉;病人的父母急急忙忙跑出房子;病人的姐姐跟在后面;人们几乎是把我抬下马车的;他们急得语无伦次,我一句都没听懂。

病人的房间里的空气几乎没法儿呼吸；没人顾得上的炉灶冒着烟；我要把窗户一把推开；可是我要先瞧瞧病人。病人是个少年，消瘦，不发烧，身上不冷也不热，目光空洞呆滞，没穿衬衣，盖着鸭绒被，小伙子坐起身来，搂住我的脖子，对我耳语道：

"大夫，让我死吧。"

我赶紧四下瞧瞧；没人听到这句话；他爸爸妈妈正呆呆站着，探着身等候我的诊断结果；他姐姐搬来一把椅子让我搁提包。我打开提包在医疗器械中翻找；小伙子老是从他床上伸过手来摸索我，提醒我别忘了他的请求；我抓过一把镊子，借着烛光试了它两下，又把它放了回去。

"是啊，"我心怀亵渎之意想着，"多亏了神明恩助，给我遣来了急缺的马，看情况紧急还多给了一匹，还额外送来了一个马夫——"

这时我才又想起了罗莎。

我该怎么办？我如何解救她？我怎么把她从那个马夫身下拉出来？——现在我离她有十里之遥，拉我马车的这俩马又那么不听我使唤。况且现在这两匹马，又不知怎的挣开了缰绳。

不知怎的，它们从外面撞开了窗户，正一窗探进一马头地往屋里瞅呢，不管这家人的大呼小叫，注视着病人。

"我这就赶回去。"我心想，似乎受到这两匹马的催促上路。

可我还是默认了病人的姐姐给我脱掉皮大衣，她断定我已经热傻了。

这家的老人给我拿来了一杯罗姆酒，拍着我的肩膀，似乎用这样的宝物招待我，就可以这副样子表达对我的信任。我摇着头；老人的狭隘思维会让我觉得很难受；仅仅出于这个原因，我就谢绝了喝下这杯酒。

　　孩子他妈站在床边，示意我过去；我听从了，并在一匹马冲着房顶大声嘶鸣的同时，把头侧贴在病孩的胸口上，他在我湿湿的大胡子下发起抖来。

　　我所知道的情况得到了证实：这孩子是健康的，只是有点儿血流不畅，操劳过度的母亲给他喝了太多的咖啡，但总体健康，最好把他从床上一脚踹下来。我不是社会改良者，任他赖在床上好了。

　　我是地区委派的乡医，尽职尽责，甚至做过了头。我所挣不多，但我乐善好施，助人为乐，体恤善待穷人。

　　可我还得照顾罗莎呢，如此说来，这男孩有道理啊，岂止他想死，我也想死呢。瞧瞧我在这漫无边际的严冬，都干些什么呀！我的爱马累得倒毙了，村里没人肯把自己的马借给我一用。我必须从猪圈里牵出我的马车；若不是幸亏猪圈里有两匹马,我就得靠母猪来拉车了。就是这么回事。于是我向这家人点点头,示意结束了。他们哪儿知道这些,就算知道了也不会相信。开个药方很容易,但总的来说要人家真的听明白你,就难了。

好了,我这趟出诊到此结束了,人家又让我没必要地瞎折腾一趟,对此我已经习以为常了,反正全区的人都利用我的夜铃之便来折磨我就是了。可这一次我还得搭上罗莎这个漂亮的姑娘,这么多年来我还几乎没注意到在我家里住着这么美的一个姑娘——想想这牺牲也太大了,但现在既然事已至此,我只好暂时想开一些,在脑子里仔细琢磨一下对策,避免冲这家人发无名火,反正他们也不能把罗莎还给我。

可是,就在我扣上我的医药包,伸手要我的皮大衣时,这一家人站在了一起,当爸的嗅着手中的罗姆酒杯,当妈的显然对我已经失望——是啊,老百姓还能指望什么呢?——她泪眼汪汪地咬着嘴唇,姐姐则晃着一块血迹斑斑的手帕。

这时我不知怎的做好了准备,打算有条件地承认,这孩子可能确实病了。我朝他走过去,他冲我微笑,好像我给他带来了包治百病的药汤——啊,这时两匹马又嘶鸣起来;这叫声应该是上天安排好的,为了方便我确诊——现在我找到啦:没错,这孩子确实病了。

在他的身体右侧,右胯部上,绽开着一个掌心大小的伤口。这伤口呈现紫红色,但多层次又深浅不一,深处暗红,边缘颜色又变浅,呈小颗粒状,带着不定时凝结的小血块,像开放性矿山裸露出来的矿石。

这还只是从远处看。近看的话还要严重得多。谁看了能不倒吸一口凉气呢?一堆蛆虫!和我的小手指一般粗细、一样长短,紫玫瑰的颜色,浑身沾着污血，牢牢地依附在伤口里面，蠕动着，白色的小脑袋和无数条小腿在灯光下动来动去。可怜的孩子啊，你算是没救了。我总算找到了你的巨大的创伤，你就要毁灭在你右胯上的这朵奇葩旁。

这一家子见我给孩子瞧病了，都很高兴；姐姐说给妈妈，妈妈说给爸爸，爸爸说给几个客人，这些人正踮着脚尖，伸着胳膊平衡着深一脚浅一脚的身子，借着月光走进敞开的院门。

"你会救我吗？"呜咽的孩子喙嚅道，彻底被他伤口里的蠕虫群整蒙了。

我这个地区的百姓就是这样的，总是要求医生做不可能做到的事情。他们已经丧失了旧的信仰。神父坐在家中撕掉一件又一件的弥撒服；但医生却应该凭其动手术的纤弱之手，无所不能，妙手回春。好吧，随他们的便吧；反正我不是不请自来的；如果你们非要我当神仙充圣人，我也只能尽我所能、顺其自然；我，一个老乡医，连女仆都让人抢跑了，还想指望有什么更好的结局呢？

瞧，他们过来了，这一家子，还有村里的老人们，开始脱我的衣服；一名老师领着他的学生合唱团，排队站在房子前，开始合唱一支特别简单的旋律，歌词如下：

> 剥光他的衣服，他就会治病，
> 他如若不治病，就要他的命！
> 他不过是医生，又不是神灵。

接着，我就被剥了个精光，我捋着大胡子，偏着头，静静地瞅着这些人。我很冷静，比谁都冷静，而且保持冷静，尽管这样屁用也没有，因为现在他们抓住了我的头和两脚，把我抬到了床上。

他们让我面朝着墙，让我面对男孩儿的创口侧躺着，然后全体走出房间。屋门关上了；合唱哑了；云层遮住了月亮；被子暖暖地盖在我的身上；两匹马的马头在两个窗口外影影绰绰，时隐时现。

"你知道吗，"我听到有人对着我的耳朵说，"我对你的信任太少了。你也不过是从什么地儿碰巧被抛到这里的，而不是自己走过来的。你不但不帮我，反而挤进了我临死的床。我是真想挖掉你的眼睛。"

"没错，"我说，"这确实是耻辱的事。可我是医生呀。我还能怎么做？你要相信我，我也不容易啊。"

"你以为这样一道歉我就应该满意吗？唉，不满意又能怎么着。我不得不总是满意。带着这样一个美丽的伤口我来到了世上；它是我的全部家当。"

"年轻的朋友，"我说，"你的错误就在于：只盯着自己的伤口。而我呢，已经走遍了远近大小许多的病房。告诉你吧：你的创伤没那么严重。只是被斧子的尖角划了两下而已。很多人几乎听不到森林里的砍树声，更听不见斧头挨近他们的声音，只傻了吧唧地敞开身体等着挨砍。"

"真的吗？还是你趁我发烧糊弄我？"

"真的是这样，你尽管把这当成一个官方医生以名誉担保说的话带走好了。"

于是他听进去了，安静了下来。

可现在我得考虑怎么把自己救走了。那两匹马仍然忠实地站在原地。我把衣裤、皮大衣、医药包一股脑地迅速收拢好；我不想因为穿衣服而多耽搁一分钟；如果说两匹马像来时一样急不可待，我则像是玩杂技一般从这张床上嗖一下跳到我自己的床上。

一匹马驯服地从窗口往后退；我把这一大包东西往马车上一扔；我的皮大衣飞出去老远，幸好有一只袖子牢牢地挂在一个钩子上了。这就算很不错了。

我光着腚飞身上马。缰绳松松垮垮地拖拽着,这匹马几乎没有和另一匹马套在一起,马车依里歪斜地跟在后面,皮大衣在雪地里拖着。

"驾!"我吆喝一声。

可是马并没有"驾"起来;磨磨蹭蹭地像老头儿一般,我和俩马缓缓穿过冰雪原野;在我们身后久久回荡着一首新的儿歌,但是歌词蛮不是那么回事儿:

> 欢呼吧,病人们,
> 医生被抬上病床陪你们!

就这样,我可永远也到不了家;我的生意兴隆的诊所完蛋了;一个后来人在抢我的生意,但没用，因为他不能取代我；在我家里，那混账马夫在胡作非为；罗莎成了他的牺牲品；我不敢想下去了。

我，老头儿一个，受着这个最不幸的时代的风雪肆虐之苦，驾着这尘世的马车，赶着这俩非尘世的马，裸体漫游世界。我的皮大衣钩在马车后面，我却够不着它，而我那些病人中手脚灵便的家伙没有一个肯动动手指帮我。

受骗了！上当了！

哪怕有一次听信了错误摇响的夜铃，就万劫不复。

冷杉　译

陀螺

有一个哲学家，老是围着孩子们玩耍的地方转悠。只要看见哪个孩子抽陀螺玩儿，他就跟过去，伺机而动。陀螺刚一转起来，哲学家就追上去抢它。孩子们一见嚷嚷起来，不让他靠近他们的玩具。这位仁兄可是不管不顾，只要逮住一个还在自转的陀螺，他就乐得屁颠屁颠的。可是他只高兴那么一小会儿，就把陀螺扔在地上走开了。

他认为，了解了随便什么小东西，比如说了解了自转的陀螺，就足以认识所有的普通事物。因此，他才不费神去思考什么大是大非呢，觉得那样太不划算，成本太高。只要最微小的小东西真正被认识了，一切事物便都清楚了，正所谓"一沙粒一世界，一水珠一彩虹"。所以他只研究旋转的陀螺。

每当有人准备把陀螺抽转起来的时候，他就希望陡升，觉得这次一定能成功。而当他呼哧带喘跟着旋转的陀螺跑的时候，他就觉得成功已然在握。

可是，当他把这块傻了吧唧的小木头拿在手中的时候，他又觉得特别不舒服。孩子们的大喊大叫，刚才他还充耳不闻，现在却突然冲击他的耳鼓振聋发聩，把他赶跑。这时他就像一个没被抽好的陀螺，歪歪扭扭地落荒而逃。

冷杉 译

家父的担忧

一些人说，"欧德拉代克"这个词源自斯拉夫语，因此他们尝试在斯拉夫语中寻踪这个词的来龙去脉。另一些人则认为，这个词来自德语，只是受到斯拉夫语的影响罢了。这两种说法都不准确，也就是说两者都不对，尤其是鉴于这个事实：靠这两种语言，都找不到这个词的确切含义。

若不是真有这种生物存在——它的名字叫"欧德拉代克"——才不会有人上赶着去研究它呢。这东西乍一看，像个扁平的星形线轴，而且是缠满了线的那种。但即便真的缠了线，它也只是个缠着乱线、旧线、杂线的线轴，缠的全是扯断了又胡乱接在一起的杂色线，各种质地、各种牌子的都有；而且还缠得横七竖八的。这东西不仅像线轴，而且还从星形的中央伸出一个小棍棍，从右上角也伸出一个小棍棍。这后一根小棍棍支在一侧，前一根小棍棍支在另一侧，这样，这玩意儿的整个身体就能够直立，好像是支在两条腿上似的。

也许有人会尝试相信，这东西曾经可能确有其合理的形体，只不过现在它以曾被砸烂的丑样子现形罢了。但似乎又并非如此，起码找不出任何这种迹象；在它身上看不出任何附加或者断裂的部位，暗示它以前可能是另一种模样；另外它虽然整体怪诞，却也自成一体，有其风格。更近的细节我们就无从得知了，因为欧德拉代克特别地敏捷，根本逮不着它。

它紧着搬家，阁楼上，楼梯间，走廊里……哪儿哪儿都是它的住处。有时候，好几个月都不见它的踪影;因为它很可能是搬到别人家住去了;之后它肯定搬回我们的房子。有时候,人家出门,见它正靠在下面的楼梯扶手上,就想和它聊聊。当然不会提很难的问题难为它,而是把它当小孩子看待——它也确实是个小不点儿。

"你叫什么名字呀?"人问它。

"欧德拉代克。"它回答。

"你家在哪里呀?"

"哪儿都是我的家。"它说完大笑;这笑声听着瘆得慌,分明是那种没有肺的人发出来的;又若落叶沙沙。

聊天多半到此为止。就连这两句回答也不是总能听到的;因为它常常沉默不语,像木头,它的样子也像歪瓜裂枣般的木头疙瘩。

我徒然地自问,它会发生什么?它会死吗?所有会死的生物死之前一定有某种目标,某种作为,这样它才能为此耗尽生命；欧德拉代克却不是这样。因此，某天，它会不会拖着一根长长的线，叽里咕噜从楼梯上滚到我孩子或我孩子的孩子的脚边？它显然不会伤害任何人；但是，想象着它应该比我活得长久，我就几乎寝食难安。

冷杉 译

在流放地

"这是一架不寻常的机器。"那军官对旅行家说,同时用赞赏的眼光瞧了瞧那架其实他早就非常熟悉的机器。

旅行家似乎仅仅因为礼貌关系,才接受司令官的邀请,来参观一个不服从上级,侮辱上级,因而被判处死刑的士兵的处决。流放地当地的人对这次处决并没有表露出什么兴趣。

反正,在这个四周都是光秃秃巉崖、沙砾遍布的小深山坳里,除了军官、旅行家、罪犯和一个兵士以外,就没有别人了。罪犯现出一副蠢相,张着大嘴,头发蓬松,脸上显出迷惘的神情;兵士手里拿着一根沉重的铁链,大链子控制了犯人脚踝、手腕和脖子上的小链子,小链子之间又都有链条连接着。不论从哪方面看,这个罪犯都很像一条听话的狗,使人简直以为尽可以放他在周围山上乱跑,只要临刑前吹个口哨就召回来了。

旅行家对这架机器兴趣不大,在军官最后一遍检查的时候,他只是在犯人后面踱来踱去,几乎掩饰不住自己的冷淡;那军官一会儿钻到深深陷在地里的机器的底部,一会儿爬上梯子去看上面的部件。这本应是机械工人的事,可是军官却干得非常起劲,不知是他特别欣赏这架机器呢,还是别有原因,所以不能托给别人。

"成了!"他终于喊道,并从梯子上爬了下来。他显得格外有气无力,呼吸时得张大嘴巴,还把两条精致的女用手绢塞在军服的领口里。

"在赤道地区,这样的制服实在太厚了。"旅行家说,却没有像军官希望的那样,问问机器方面的事。

"当然是的。"军官说,一面在预先倒好的一桶水里洗他那双油腻腻的手,"不过这对我们来说就是祖国,我们不愿意忘记祖国。现在请您看看这架机器。"他随即又说,同时在毛巾上擦干手,又指指机器,"这以前,还有几个动作需要人来操作,可是从现在起就完全是自动的了。"

旅行家点点头,走在他的后面。军官因为怕发生什么偶然事件使自己下不了台,又加了几句:

"当然,机器有时不免要出些毛病;我希望今天不致如此,不过我们也不能不估计到这种可能性。这架机器应该连续工作十二小时。不过要是真的出了事,也一定是小毛病,马上就可以修好的。"

"您不坐下吗?"最后他问道,一面从一大堆藤椅里抽出一张,搬给旅行家;这是旅行家无法拒绝的。

他现在坐在坑边上,向坑里快快地看了一眼。坑不太深。在坑的一边,挖出的土堆成了一堵墙,在另一边就耸立着那架机器。

军官说:"我不知道司令官有没有对您解释过这架机器。"

旅行家含混地挥了挥手。军官正好求之不得,因为这样他就可以亲自解释了。

他拉住一个曲柄,把身子靠在上面,说道:"这架机器是我们前任司令官发明的。我从最初开始试验时就参与这事,一直到最后完成都有份。不过发明的荣誉还是应该归他一个人。您听说过我们的前任司令官吗?没有?那么,如果我说整个流放地的组织机构都是他一手缔造的,这并不算夸大其词。我们这些他的朋友甚至在他死以前就相信,流放地的机构已经十全十美,即使继任者脑子里有一千套新计划也会发现,至少在好多年里,他连一个小地方也无法改变。我们的预言果然完全应验了,新的司令官不得不承认这是事实。您没有见过老司令官,这真可惜!——不过,"军官打断了自己的话,"我只管乱扯,却忘了眼前他的这架机器。您可以看到,它包括三个部分。随着岁月的流逝,每个部分都有了通用的小名。底下的部分叫作'床',最高的部分叫'设计师',在中间能上下移动的这个部分叫作'耙子'。"

"'耙子'?"旅行家问。他听得不是很用心,在这全无阴影的山谷里阳光那么强烈,叫人思想很难集中。他更加佩服那个军官了,军官虽然一本正经地穿着紧腰身的军服外套,满身都是一道道的绦带,外加沉甸甸的肩章,可还是那样热忱地往下说着,此外,还拿了一只扳子走来走去拧紧螺丝帽。

至于小兵,他的情形和旅行家差不多。他把犯人的铁链绕在自己的两只手腕上,身子支着步枪,耷拉着脑袋,对什么都不注意。旅行家并没有感到惊异,因为军官说的是法语,无论兵士还是犯人当然是一句法语也不懂。但囚犯却仍然努力地谛听军官的解释,这倒是很有意思的。他一面发困,一面还是死死地盯着军官手指指向的地方,每逢旅行家提出问题打断了军官的话,他也和军官一样向四处张望。

"是的,就叫'耙子',"军官说,"这是个很恰当的名称。它上面安着针,就跟耙齿似的,整个部分的作用也和耙子差不多,虽然它只局限在一个地方操作,也正因如此,设计起来就需要更高明的技巧。不过,反正您很快就会懂得的。犯人就躺在这儿的'床'上——我想在发动机器以前先解释一下,这样您就能更好地了解它的工作程序了。而且,'设计师'上有个钝齿轮快磨损了;机器一开动吱吱嘎嘎地吵个不休,您说话连自己都听不见;不幸的是,这儿很难配到零件。——嗯,我刚才说过了,这是'床'。它上面铺满了粗棉花,以后您会知道这有什么用。犯人就躺在粗棉花上,脸朝下,当然,衣服差不多都得脱光;这是绑住他双手的皮带,这是绑脚的,这是绑脖子的,这就可以把他紧紧地捆住。这儿,在床头上,有个毛毡的小口衔,我刚才说过,犯人先是脸朝下地躺在这儿,所以口衔正好塞到他嘴里。这是为了不让他叫,不让他咬舌头。犯人当然不得不把毛毡衔在口中,不然他的脖子就会给皮带勒断。"

"这是粗棉花吗?"旅行家问道,身子向前弯了弯。

"是的,当然是的,"军官微笑着说,"您自己摸摸看。"他握住旅行家的手向床伸去,"这是特制的粗棉花,所以看上去和普通的不一样;我马上就告诉您它有什么作用。"

旅行家已经开始对这架机器有些感兴趣了；他一只手放在眼睛上遮住阳光，抬起头来仔细看着机器。这是个庞然大物。"床"和"设计师"大小相同，看上去像两只黑黢黢的箱子。"设计师"悬在"床"上两米高的地方；这两个部件四角绑在四根铜棍子上，棍子在太阳光下熠熠发亮。在这两个箱子之间，"耙子"就顺着一根钢条上下移动。

那军官方才几乎没有注意到旅行家的冷淡，现在却非常清楚地察觉到对方表露出的兴趣；所以他停住解释，让人家有时间静静地观察。那罪犯在模仿旅行家；他无法将手放在眼睛上，只得在阳光下抬头凝望。

"那么，人先躺下来。"旅行家说，往椅背上一靠，交叠着腿。

"对，"军官说，把帽子往后推了推，用手摸摸他那发烫的脸庞。

"请您注意!'床'和'设计师'上都安了电池;安在'床'上是因为它本身有需要,'设计师'上的那个是为了'耙子'。一等犯人拴紧在皮带上,'床'就开始行动。它立刻颤动起来,震动得非常快,左右上下都移动。您在医院里一定见过类似的机器;只是我们'床'的动作都是精确地计算好的;您明白吗,它们得和'耙子'的动作完全一致。'耙子'才是真正处决的工具。"

"对这个人是怎么判决的呢?"旅行家问。

"您连这个也不知道?"军官惊愕地问,咬了咬嘴唇,"请原谅,我的解释真是太零乱了。我真的要请您原谅。您明白吗,一向都是司令官亲自解释的;可是新的司令官逃避了这个责任,对您这样一位重要的参观者——"

旅行家想用两只手来谢却这种光荣;然而军官

还是坚持地说。

"这样一位重要的参观者,却连我们的判决是什么都没有说,这倒是一个新的发现,这真叫……"他正想用火气更大的话,可是又抑制住了,仅仅说,"人家没有把这一点通知我,这不是我的错。不过从各方面说,我当然是最适宜于给您解释审判过程的人,因为我这里有——"他拍了拍自己胸前的口袋,"我们前任司令官亲笔绘制的草图。"

"司令官自己制的图?"旅行家问,"那他不是一身什么都兼了吗?他难道既是军人,又是法官,又是工程师、化学师和制图师?"

"他的确是的。"军官说,同意地点点头,脸上泛出一种蒙眬迷惘的神色。接着他细细察看自己的手,手好像不够干净,不能就这样接触图纸;所以他又到水桶那儿去重新洗过。接着他抽出一只小皮夹子,说:"我们判得并不算太重。不管犯人触犯的是什么戒律,我们就用'耙子'把这条戒律写在他的身上。这个犯人,比方说吧,"军官指了指那个人,"他的背上将要写上:尊敬上级!"

旅行家瞥了犯人一眼;军官指着他的时候,他垂着头站着,分明是在用心谛听别人的话。然而他那闭紧的厚嘟嘟的嘴唇在不住翕动,这就完全表明他一个字也听不懂。旅行家头脑里涌出了许多疑问,可是看到犯人,他仅仅问:

"他知道自己的判决结果是什么吗?"

"不知道。"

军官急于要往下解释,可是旅行家打断了他:

"他不知道对他所做的判决?"

"不知道,"军官重复道,他停住了片刻,仿佛是让旅行家再想想自己的问题,然后说,"根本没有必要告诉他,他会从自己的身上得知的。"

旅行家不想再问什么了,可是他发觉犯人的目光转向了他,仿佛在问他是否赞同这样荒唐的行为。本来他已经靠在椅背上了,这一来,他又把身子往前探探,提出了另一个问题:

"不过他一定知道自己被判决了?"

"这他也不知道。"军官说道,朝旅行家笑笑,似乎在等待他再说一些不可思议的话。

"不知道,"旅行家说,一面揩揩前额,"那么他也无从知道他的辩护是否有用了?"

"他根本没有机会提出辩护。"军官说,他把目光转向远方,免得旅行家听到对理所当然的事情的解释觉得不好意思。

"可是他总得有机会给自己辩护吧。"旅行家说道,并且从椅子上站起身来。

军官明白他对机器的解说有长期被打断的危险;因此他走到旅行家前面,拉住他的手臂,另一

只手向犯人指指,犯人感到自己分明成了注意的中心,就马上站得笔直,而小兵也把链条扯了扯。军官说:

"事情是这样的。我被任命为流放地的法官,虽然我还年轻。因为我是前任司令官在一切流放事务上的助手,对这架机器的情况知道得也最多。我的指导原则是:对犯罪无须加以怀疑。别的法庭不能遵照这个原则,因为他们那里意见不一致,而且还有高级法庭的监督。这里就不同了,至少,在前任司令官的时代可以这样说。新上任的那位当然露出想干涉我的判决的意思,可是到目前为止我还是把他顶了回去,今后一定还顶得住。您要我解释一下这个案子吗,这非常简单,跟所有的案子一样。有个上尉今天早上向我报告,派给他做勤务兵睡在他门口的这个人值勤时睡着了。您知道吗,他的责任是每小时打钟的时候起来向上尉的门口敬礼。这个工作不算重,但是很有必要,因为他既是哨兵又是勤务兵,两方面都必须机灵。昨天晚上那个上尉想考察这个人有没有偷懒。两点钟打响的时候他推开房门,发现这个人蜷成一团睡着了。他拿起马鞭抽他的脸。这个人非但不起来求饶,反而抱住主子的腿,摇他,还嚷道:'把鞭子丢开,不然我要活活把你吃了。'——这就是罪证。上尉一小时前来找我,我写下了他的报告,添上判决词。然后下令把这个人锁起来。这一切都很简单。要是我先把这个人叫来审问,事情就要乱得不可开交,他就会说谎;倘若我揭穿他的谎话,他就会撒更多的谎来圆谎,就这样没完没了。可现在呢,我抓住了他,不让他抵赖。——您现在清楚了吧?不过我们是在浪费时间,应该开始执行了,可是机器我还没有解释完呢。"

他把旅行家按回到椅子里,又走到机器前说:

"您可以看到,'耙子'的形状是和人的身体相符的;这是对付躯体的'耙子',这是对付腿的'耙子'。对于头部只有这个小小的长钉子。这清楚了吧?"

他和颜悦色地向旅行家俯着身子,急于提供最最详尽的说明。

旅行家想起"耙子"不由得眉头一皱。司法程序方面的解释并没有使他满意。他只好提醒自己说,这儿不过是流放地,采取非常措施是必要的,而且军纪也是必须坚决遵守的。他还觉得对于新司令官可以寄予一定的希望,他显然主张采用——虽然是逐步地——一种新的司法程序,而这是这个军官狭隘的思想所不能理解的。这一系列的思想又促使他提出另一个问题:

"司令官亲自参加处决吗?"

"不一定。"军官说,这个直愣愣的问题触到了他的痛处，他那和善的神色暗淡下去了。

"正因如此我们必须抓紧时间。虽然我很不情愿，但我还是得把说明缩短些。不过当然，到明天，当机器收拾干净以后——它容易脏是它的一个缺点——我可以补述所有的细节。现在我们只能拣重要的说。——当犯人躺在'床'上，'床'开始震动的时候，'耙子'向他的身体降落下来。它是自动调节的，所以针尖刚刚能触到他的皮肤；一接触以后，钢带就立刻硬起来，成为一根坚硬的钢条。接着工作就开始了。一个外行的旁观者根本分不清各种刑罚之间的区别。'耙子'操作时看起来都是一样的。它颤动时，针尖刺破了随着'床'而震动的身体上的皮肤。为了便于观察处决的具体过程，'耙子'是用玻璃做的。把针安到玻璃上去在技术上是个问题，可是经过多次试验之后我们克服了这个困难。对我们来说，根本没有什么困难是克服不了的,您明白吗?现在,谁都可以透过玻璃观察身体上刺出来的字了。您愿意走近一些看看这些针吗?"

旅行家慢慢地站起来,走过去,俯身在"耙子"的上面。

"您瞧,"军官说,"有两种排列成各种形式的针。每根长针旁边搭配了一根短针。长针管刺字,短针喷出一泡水来把血洗掉,使刺的字清清楚楚。接着,血和水就通过小沟流进大沟,最后又从排水管流到坑里去。"

军官的手指一直沿着血和水的路线转了一遍。为了尽量逼真,他还把双手凑在排水管的出口上,仿佛在接流出来的东西,在他这样比画的时候,旅行家把头缩了回来,一只手在背后摸索,想坐回到椅子上去。

使他恐惧的是,他看到犯人跟在他后面也接受军官的邀请,到近处去观看"耙子"了。那犯人攥着链子把昏昏欲睡的兵士拖向前来,自己俯身在玻璃上。可以看到,他那狐疑不定的眼睛想看明白那两个上等人瞧的是什么,可是因为听不懂解释,根本摸不着头脑。他东张张西望望,眼光不住在玻璃上溜来溜去。

旅行家想把他赶走,因为他这种做法似乎是不被许可的。可是军官用一只手坚定地阻住他,另一只手从土堆上抄起一块土朝兵士身上扔去。兵士吓了一跳,睁开了眼睛,看到犯人竟如此大胆,就扔下步枪,脚跟使劲地抵住地面,把犯人往后拖,犯人一趔趄,立刻倒了下来。兵士接着站在那儿低下头来,瞧这个套着锁链的人怎样挣扎得发出吭啷吭啷的声音。

"把他拉起来!"军官嚷道,因为他发现旅行家的注意力大大地分散到犯人身上去了。事实上旅行家不知不觉中竟把整个身子靠在"耙子"上，专心致志地在观察犯人的遭遇。

"对他当心点！"军官又喊道。

他绕过机器跑了过来，亲自抓住犯人的胳肢窝，由兵士帮着把他拖了起来，犯人的两只脚还不住地往下滑溜。

"现在我全明白了。"旅行家在军官回到他身边时说。

"只除了最重要的部分，"军官答道，抓住旅行家的手臂朝上面指点着，"在'设计师'里全是些控制'耙子'的动作的齿轮，判决规定刺什么字，机关就怎么调节。我仍然沿用前任司令官所拟定的指导计划。就在这儿。"说着，他从皮夹里抽出几张纸来，"不过我很抱歉，不能让您拿在手里看，这些就是我最珍贵的财产了。请您坐下，我拿在您面前给您看，这样您就可以把什么都看个一清二楚。"

他摊开了第一张纸。旅行家本想说几句夸奖的话,可是他看到的只不过是许许多多线乱七八糟地交叉在一起,像迷宫一样,纸上布得密密麻麻,简直看不到还有空白。

"您看呀。"军官说。

"我看不清。"旅行家说。

"不过这不是很清楚的吗?"军官说。

"这很巧妙,"旅行家模棱两可地说,"可是我看不明白。"

"对了,"军官笑着说,又重新拿走图纸,"这可不是给小学生临摹的习字本,得好好研究才行。我相信您最后也会弄明白的。当然,不是马马虎虎刺几个字就算了;我们不打算把人一下子就杀死,而是一般地说,在十二个小时之后;转折点预定在第六个小时上。因此,在真正的字的周围得雕上许许多多的花,字本身只不过在身体周围绕上窄窄的一圈,身体其他地方都用来刻装饰性的图案。您现在能够欣赏'耙子'和整部机器的工作了吧?——您瞧瞧!"

他奔上梯子,转动了一个轮子,向下面喊道:

"注意,靠边上站!"

接着一切都发动了。倘若不是轮子发出吱吱嘎嘎的声音,一切倒都很美妙。轮子的吵声似乎使军官吃惊,他对它挥了挥拳头,又向旅行家摊了摊手,表示抱歉,接着又迅速地爬下来,从底下注视机器的操作。有些只有他一个人看得见的部件依旧不大对头;他又爬上去,两只手在"设计师"里拨弄了一阵,然后不走梯子,却从杆子上滑下来,为的是快一些,他放开嗓子,对着旅行家的耳朵大嚷,以便压过一切嘈杂的声音:

"您看明白了吗?'耙子'开始写字了;等它

在人的背上刻下草稿以后,那层粗棉花就转动,慢慢地把人的身体翻过来,好让'耙子'有新的地方刻字。这时写上了字的那一部分鲜肉就裹在粗棉花里,粗棉花专门用来止血,使得'耙子'可以把刺上的字再加深。接着身子继续旋转,'耙子'边上的这些牙齿把粗棉花从伤口上撕下来,扔进坑里,让'耙子'继续工作。就这样,整整十二个小时,字刻得越来越深。头六个小时里,犯人依旧生气勃勃的,只是觉得很痛苦。两个小时以后,毡口衔拿掉了,因为犯人再也叫不动了。而在这里,在床头用电烤热的盆子里,将倒下一些热腾腾的米粥,犯人如果想吃,可以用舌头爱舐多少就舐多少。从来没有人错过这个机会。我经验也算得丰富了,可就不记得有一个错过的。只是大约在第六个小时上,犯人才失去了任何食欲。这时,我往往跪在这里观察事情的发展。犯人很少有把最后一口粥吞下去的,他只是让它在嘴里滚来滚去,然后吐在坑里。这时我就得闪开,不然他就会啐在我的脸上。

"可是一到第六个小时他就变得多么安静!连最愚蠢的人也感到茅塞顿开。这个过程是从眼睛开始,从那儿扩张出去的。在这个时刻连我都禁不住想投身到'耙子'底下去呢。这时没有别的情况,只是犯人开始理会身上所刺的字了,他噘起了嘴仿佛是在谛听。您也看到,就算用眼睛来辨认所刺的字也很困难;可是我们这儿的人是凭自己的伤口来辨认的。这当然是件难事,他花六个小时才做到这一点。到这时,'耙子'几乎已经把他刺穿了,他给扔到坑里,掉在血、水和粗棉花当中。这时,判决算是执行了,于是我们,那兵士和我,就把他埋了。"

旅行家一直让自己的耳朵朝着军官,双手插在背心口袋里,观察机器的操作。犯人也在瞧,只是一点儿也不明白。他身子微微前俯,在专心地看活动着的针。

这时军官向兵士做了个手势,兵士从背后一刀划破了犯人的衬衫和裤子,衣服掉了下来;他想抓住往下掉的衣服把自己赤裸裸的身子遮住,可是兵士把他举起来,抖落了他身上剩下的一丝丝破片。军官关上机器,犯人就在这突然的寂静中给放在"耙子"底下。铁链子松开了,皮带却绑紧了;起先,犯人几乎还觉得松了一口气呢。可是紧接着"耙子"往下降了降,因为这个人瘦得很。针尖碰到他的时候,他皮肤上滑过一阵冷战;兵士忙着拴紧他的右手,他把左手也盲目地伸了出来;手正好指向旅行家所站的地方。

军官不断斜过眼睛瞟瞟旅行家,好像要从他脸上看出他对这次处决有什么印象,至少,这件事是对他解释得非常草率的。

系手腕的皮带断了,也许是兵士把它抽得太紧了吧。军官只得亲自来过问,兵士把断了的皮带拿起来给他看。军官向他走过去,说话了,脸仍旧朝着旅行家:

"这是一架很复杂的机器,所以总免不了这儿或那儿要出些毛病;不过这不应该影响您对它的总的看法。不管怎么说,换根皮带是最容易不过的事;我干脆用链条吧;这样,右手上微弱的振动当然会受到一些影响。"

在捆铁链时,他又说:

"维修机器的经费现在大大地削减了。在前任司令官的时代,我可以随意支配一笔特别为这架机器规定的费用。另外,还有一家商店专门出售种种修配的零件。我得承认我用这些零件时简直太浪费了,我指的是过去,而不是现在,新司令官正是这样血口喷人的,他随时都在找碴攻击我们传统的做法。如今他亲自掌管机器的费用了,倘若我派人去领根新皮带,他们竟要把断了的旧皮带拿去做证,而新皮带呢,要过十天才发下来,而且东西很次,根本不是什么好货色。可是机器没有皮带我又怎能工作呢,这件事就没人管了。"

旅行家私自盘算道:明白地干涉别人的事总是凶多吉少。他既非流放地的官员,又不是统辖这个地方的国家的公民。要是他公开谴责这种死刑,甚至真的设法阻止,人家可以对他说:"你是外国人,请少管闲事。"那他只有目瞪口呆的份儿,除非赶紧打圆场,说自己对此亦甚为惊讶,因为他旅行的目的仅仅是考察,绝对无意干涉别人伸张正义的做法。

可是如今他的内心却跃跃欲试。审判程序的不公正和处决的不人道是明摆着的。也没有人能说他在这件事里有什么个人的利害关系,他与犯人素昧平生,既非同胞,他甚至也根本不同情这人。旅行家持有最高总部的介绍信,在这里受到礼遇,人家请他来参观处决,这件事本身似乎就说明他的意见一定会受到欢迎。更何况他听得再清楚不过,司令官并不支持这种处分,而且对军官抱着几乎是敌对的态度。

这时,旅行家听到军官狂怒地大吼一声。他刚刚好不容易把毡口衔塞进犯人的嘴里,犯人却禁不住一阵恶心,闭上眼睛呕吐起来。军官急忙把他从口衔那儿拖开,想把他的头按在坑上;可是已经太迟了,呕出来的东西已经流满了机器。

"全是司令官的错!"军官喊道,毫无意识地摇着面前的铜杆子,"机器给弄得像猪圈一样了。"

他用颤抖的手把发生的事指给旅行家看。

"我不是每回都一连几小时地向司令官解释,犯人在行刑之前必须饿一整天吗?可是我们的温和的新方针却对此不以为然。司令官周围的太太小姐总要让犯人吃饱甜腻腻的糖果才放他走。他从小就是靠臭鱼长大的,现在倒要吃糖果!不过这也罢了,我可以不管这种闲事,可是他们为什么不发新的口衔呢,我已经申请了三个月了。犯人衔着百十个人临死前淌过口水啃啮过的口衔,又怎能不恶心呢?"

犯人垂下了头,显得很平静;兵士正忙着用犯人的衬衫在擦机器。军官向旅行家逼近,旅行家朦胧地感到不安,退后了一步,可是军官捉住他的手,把他拉到一边去。

"我想和您推心置腹地谈几句话,"他说,"行吗?"

"当然啦。"旅行家说,接着就垂下眼睛来恭听。

"您正在欣赏的审判和处决的方式在我们这儿已经没有人公开支持了。我是唯一的拥护者,同时,也是老司令官传统唯一的信徒。我也再不指望进一步推广这样的做法了,维持现状就已经耗尽了我所有的精力。老司令官生前,流放地到处都是他的信徒;他的信仰力量我还保持了几分,可是他的权力我手里一星半点儿也没有;这就难怪那些信徒都悄悄地溜走了,他们人数倒还不少,可是谁也不敢承认。要是今天这个行刑的日子里您到茶馆去听他们聊天,您听到的也许尽是些闪烁其词的话。这就是那些信徒说的,可是在现任司令官和他的新方针的统治下,他们对我毫无用处。现在我请问:难道因为这个司令官和那些影响着他的女士们,这样一个杰作,一个毕生的杰作——"他指指机器,"就该消灭不成?难道应该听任这样的事发生吗?即使是一个只到我们岛上来几天的陌生人,难道也应该听之任之吗?可是时间已经紧迫了,人家对我当法官这件事快要发动攻击了;司令官的办公室里已经开过会，我是被排斥在外的；连您今天的来临在我看来也是一个意味深长的步骤；他们都是胆小鬼，把您这个陌生人当作挡箭牌。——要是在以前，逢到行刑，那是什么气势！早一天，这儿就满坑满谷都挤满了人，都是来看热闹的；一清早，司令官就和女眷们来了；军乐队吹吹打打惊醒了整个兵营；我向上级报告一切都已准备就绪；集合起来的军官——高级军官没有一个敢缺席的——排列在机器周围，这堆藤椅就是那个时代的可怜的遗迹。

"那时候，机器被擦得锃光锃亮，几乎每一次行刑，我在零件方面都得到新的补充。司令官就在千百个观众——他们一直站到那边山冈上，全都踮起了脚——面前亲自把犯人带到'耙子'底下。今天让一个兵士做的事当时是我的工作，是一个审判长的工作，可这在我还是一个光荣。接着行刑开始了！哪里有什么影响机器操作的噪声。有许多人根本不瞧，他们闭上眼睛躺在沙地上；他们都知道：现在正义得到了伸张。在一片阒寂中，人们听到的只有犯人给口衔塞得发闷的呻吟声。如今机器使人发出的呻吟也不够劲儿，一经口衔的抑止更是什么都听不见了。可是当年从刺字的针上会流出一种酸液，这在今天已经不许用了。嗯，第六个小时终于来到了！人人都希望在近处看，我们可没法答应所有的请求。司令官英明得很，他规定儿童可以享受特殊权利；我呢，当然，因为公务在身，有特权一直留在前面；我往往蹲在这儿，一只手抱着一个小娃娃。我们是多么心醉神迷地观察受刑的人脸上的变化呀，我们的脸颊又是如何沐浴在终于出现但又马上消逝的正义的光辉之中啊！那是多么美好的时代啊，我的同志！"

军官显然忘了他在跟谁说话；他抱住旅行家，把头压在他肩膀上。

旅行家大为狼狈,不耐烦地越过军官的头向别处望去。兵士已经打扫完了,现在正把钵子里的粥倒入盆子。犯人这时好像完全恢复过来了,一看见倒粥就用舌头去舐。兵士不断把他推开,因为这粥显然要到以后才能吃,可是他自己却不按规定,一双脏手伸进了盆子,对着犯人贪婪的脸捧起粥吃了起来。

军官很快就镇定了下来。

"我本来不想使您不愉快,"他说,"我知道如今人家听了也无法相信真有过那样的时代了。不过,至少机器还在运转,它本身还是有用的。虽然它孤零零地矗立在这个山沟里,它本身还是起作用的。最后,尸首还会以令人难以置信的轻飘飘的姿态掉进土坑,虽然不像以前,有千百个人苍蝇似的簇拥在四周。那会儿,我们不得不在土坑边上竖起一道坚固的栏杆;栏杆早就给推倒了。"

旅行家不想与军官面对面,他转过身去漫无目标地四处乱望。军官还以为他在观看山沟荒凉到何种田地呢;因此他握住旅行家的双手,使他转过脸来,盯住他的眼睛,问道:

"您明白这是多么不像话了吧?"

可是旅行家什么也没有说。军官让他独自沉默了一会儿,自己叉开了腿,双手搁在屁股上,一动不动地站着,眼睛凝望着地上。然后他向旅行家鼓励地笑了笑,说道:

"昨天司令官邀请您的时候我离您很近。我听见他对您说的话。我知道司令官的为人,马上就看穿了他的动机。虽然他大权在握,完全可以采取措施来反对我,可是他还不敢,不过他一定是打算利用您的看法,一个声名显赫的外国人的看法来反对我。他都掂斤播两地算计过了:今天是您来到岛上的第二天,您根本不了解前任司令官和他的做法,您一向受到欧洲的思想方法的拘囿,也许您一般在原则上反对死刑,对这种杀人机器更是不以为然,而且您又会看到公众对这种处决并不拥护,仪式是那么的简陋——处决的机器又是破败不堪——那么,看到这一切以后,(司令官想)您岂不是很可能不赞同我的做法吗?倘若您不赞同,您是不会隐瞒自己看法的(我仍然站在司令官的立场上说),因为您这个人是相信自己经过反复推敲而做出的结论的。

"是的,您见识过也知道尊重各个民族的种种奇风异俗,因此不会像在自己国内那样,用激烈的方式反对我们的做法。不过司令官也不需要这样。随随便便地甚至漫不经心地提上一句也就够了。其实,只要能让他冠冕堂皇地达到目的,您的话根本无须代表您真正的意思。他会用一些刁滑的问题来挑拨您,这我敢打包票。而他那些女眷就会坐在您四周,竖起了耳朵听;于是您就会说:'在我们国家里审判程序不是这样的。'或者是:'在我们国家里,对犯人做出判决以前总要先经过审问的。'或者是:'我们从中世纪以来就不用酷刑了。'这些话全都很对,在您看来都很自然,您对我的做法没有发表意见,也没有一点点贬义。

"可是司令官的反应又是如何呢?我可以清清楚楚地看到,我们的好司令如何立即推开椅子,冲向阳台,我也可以看见那些女士怎样跟着簇拥在他后面,我还可以听见他的声音呢——女士们称之为雷霆的声音——嗯,他的话准是这样的:'一位有名的西方旅行家,他是被派出来考察世界各国刑事审判程序的,他刚才说我们执行法律的传统做法是不人道的。出诸这样一位人物的这样的意见使我再也无法支持过去的做法了。因此,我命令,从今天起……'等等等等。您也许会提出异议,说您从来没有说过这样的话,您也没有说我的做法不人道;相反,您的丰富经验使您相信,这是最最人道、最最符合人类尊严的,而且您非常欣赏这架机器——可是已经太晚了;您连阳台都挤不进去,因为那儿都给女士们塞满了;您想引起人们的注意,您想大叫,可是一位女士的纤手会来掩住您的嘴——于是,我的以及老司令的心血就这样完蛋了。"

旅行家只好忍住了笑;如此说来,他原来设想中那样困难的事竟这么轻而易举就能解决了。他支吾其词地说:

"您把我的影响估计得过高了;司令官看过我的介绍信,他知道我不是什么刑事审判的专家。如果我要发表意见,这不过是我个人一己的看法而已,不会比任何普通人的重要,更谈不上压过司令官,而且,据我了解,司令官在这个流放地掌有至高无上的权力。如果他对您的做法真如您所想这么不赞同，那么我怕即使没有我的微不足道的推动，您的传统怕也维持不了多久了。"

军官是不是终于明白了呢？不，他还没有领悟。他强调地摇摇头，急促地向犯人和兵士扫了一眼，他们都赶忙从粥盆旁闪开，军官走到旅行家跟前，不看他的脸，却把眼睛盯在他大衣上的某个地方，声音比以前更低地说：

"您不了解司令官，您还是感到——请原谅这种说法——自己在我们所有人面前是局外人；不过，请原谅我，您的影响是怎样估计也不为高的。当我听说您一个人来参观行刑时，我真是高兴极了。司令官这样安排的目的是要给我一个打击，我却要把它变得对自己有利。要是有一大群人来参观行刑，那就不免会有许多窃窃私语和鄙夷的眼光——这会分散您的注意力，现在呢，您能专心听到我的解释，看到机器，这会儿又在观察处决，您无疑已经做出了自己的判断；如果您还有些小地方不够明确，一看行刑就都会解决的。现在我向您提出一个请求：帮助我反对司令官！"

旅行家不让他说下去。

"这我怎么做得到呢？"他嚷道，"这是根本不可能的。我既不能帮助您也无法阻止您。"

"不，您能的。"军官说。旅行家有些不安地看到军官把拳头握了起来。

"不，您能的，"军官重复地说，更加坚决了，"我有个一定会成功的计划。您以为您的影响微不足道，我却知道这是举足轻重的。不过即使假定您是对的，那么为了保存这个传统，不也应该试一试您那也许真是微不足道的影响吗？那么，就请您听听我的计划吧。您得做的第一件事就是对您今天参观后的观感尽量保持沉默。您什么都不要说，除非人家直接问到您；即使说也应该又短又一般；让人家感到您不愿谈这个问题，您对这事很不耐烦，要是控制不住谈起来，一定很激烈。我并不是要您说谎，我绝无此意；您只需敷衍了事地答上两句，例如：'是的，我看过行刑了。'或者是：'是的，人家对我解说过了。'这就行了，不用再多。您自然有理由流露出不耐烦的情绪，但和司令官不一样。当然，他会误解您的意思，把它解释得合乎自己的脾胃。这正是我的计划的关键。明天，司令官的办公室里将要举行一次高级军官的大会，由司令官主持。司令官这种人当然最喜欢把这样的会弄得很招摇。他授意盖了一个楼座，上面旁观者总挤得水泄不通。我虽然万分厌恶，但还是不得不参加这个会。嗯，不管情形怎样，您反正会接到邀请的；要是您今天照我的话做，人家一定会更迫切地请您出席。不过倘若因为什么神秘的原因，您没有接到邀请，您必须跟他们提一声；这样一来，您就准能参加了。到明天，您就会和女士们一起坐在司令官的包厢里。他不时抬起头来，看看您的确在那儿。在讨论了一些琐碎可笑的事情以后——这大抵是港口方面的事务，除了港口就没有别的——这完全是摆摆样子，让听众感到我们的司法程序也仅仅是议程中的一项而已。如果司令官不提这件事，或是把它搁在后面，我就设法把它提出来。我要站起来报告今天的处决已经执行了。我话不会多，只不过是个声明。这样的声明是不寻常的，可是我还是要做。司令官会跟往常一样，温和地笑笑，向我表示感谢，接着他无法抑制自己了，他要抓住这个大好时机。'刚才我们听到报告说，'他会说这样的或是类似的话，'执行了一次死刑。我只想补充一点，这次行刑是在一位客人的目击之下举行的。这是一位有名的旅行家，大家知道，他的访问给我们的流放地带来了光荣。他的出席也增加了我们今天会议的重要性。我们现在是否应该请这位大名鼎鼎的旅行家给我们谈谈,他对我们传统的行刑方式以及审判程序有什么看法呢？'这当然会引起一片喝彩,大家一致同意,其中最最热烈的就是鄙人我。

"接着司令官向您鞠了一个躬,说道：'那么让我以在座同仁的名义,向您提出请求。'于是您走到包厢的前面。您得把手放在大家都看得见的地方,不然女士们会捉住您的手,握紧您的手指的。——这时您终于能够当众说出您的看法了。我不知道自己是如何度过等待这个时刻到来的紧张心情的。您演说时,根本不用抑制自己的感情,把真理大声地宣扬出来好了,您从包厢里探出身子,把您的看法,您的不可动摇的信念,向司令官叫嚷出来好了,是的,就是叫嚷。不过也许您不愿这样做,这不合您的脾气,在你们国家里也许人们不是这样干的,不过,这也不要紧,这也一样能博得效果,您连站都不用站起来,只要说很少几句话,甚至声音低得像耳语,只让您下面那些军官听得见,这就够了;您甚至不用提处决缺乏公众的支持,齿轮吱嘎作响,皮带断了,口衔污秽不堪,不用,这一切都由我来负责。哈,您相信我好了,如果我的控诉不把他赶出会场,也会迫使他跪下来承认道:'老司令官啊,我对你甘拜下风了。'——这就是我的计划,您能帮助我实现吗?您当然是愿意的喽,不仅愿意,您简直是非帮助不可呀。"

于是军官抓住旅行家的两只胳膊,重重地喷着气,盯紧了他的脸。他最后那句话嚷得那么响,连兵士和犯人都注意起来了;虽然他们一句话也听不懂,却中止了吃粥,一面咀嚼本来塞了一嘴的东西,一面瞧着旅行家。

一开始,旅行家就很清楚他该怎么回答;他一生中已有太多的经验,根本不需在这里犹豫不决了;他基本上是正直无畏的。然而现在,面对着兵士和犯人,他倒迟疑了足足有抽一口气的时间。最后,他终于按照必然的说法回答了:"不行。"

军官眨了好几次眼,却没有把目光移开。

"您愿意听我解释吗?"旅行家问。

军官不吭一声地点点头。

"我不赞成您的审判方式,"于是旅行家说道,"即使在您对我表示信任之前——当然任何情况之下我也绝对不会辜负您的信任——我就已经在考虑:干预是不是我的责任,我的干预有没有一丝成功的希望。我明白我该向谁去说,当然是向司令官。您使我把事情看得更清楚了,不过倒没有使我加强决心;相反,您真诚的信念倒使我有些感动,不过当然还是影响不了我的看法。"

军官沉默了片刻,他转向机器,抓住一根铜杆子,接着,他稍稍仰后,凝视着"设计师",似乎要使自己相信一切都很正常。

兵士和犯人似乎领悟了什么;犯人向兵士做了一个表示,虽然他被皮带紧紧地勒住,行动很困难;兵士向他弯下身去;犯人轻声说了几句话,兵士点了点头。

旅行家又走到军官跟前,说:

"您还不知道我打算怎么办呢。我当然要把自己对审判方式的看法告诉司令官,不过不在公开的会议上,而是在私底下;我也不打算在这里久待和参加什么会议;我明天一清早就走,至少是要上船。"

军官仿佛并不在听。

"那么您觉得这样的审判方式不能使人信服了?"他自言自语地说,又微微一笑,仿佛是老人在笑孩子气的无聊似的,笑完了他又径自继续沉思起来。

"那么说时候到了。"最后,他说,突然用明亮的眼睛瞧着旅行家,眼睛里一半是挑衅,一半是呼吁。

"什么时候到了?"旅行家不安地问道,可是得不到回答。

"你自由了。"军官用当地的话对犯人说。那人起先还不相信。

"是的,你被释放了。"军官说。

犯人的面容第一次真正地活泼起来。这难道是真的吗?这会不会仅仅是军官突发奇想,马上又会反悔的呢?是不是外国人向他求情成功了呢?是怎么回事呢?他脸上表露出这种种疑问。不过这样的时间并不长。不管到底是怎么回事,只要做得到,他当然希望真的得到自由,他开始在"耙子"容许的范围内挣扎起来了。

"你要把我的皮带挣断了,"军官喊道,"安静地躺着!我们很快就会把皮带解松的。"

于是他做了个手势叫兵士帮忙,就动手解起来。犯人不做一声暗自笑着,他一会儿把脸转到左边向着军官,一会儿又转向右面兵士那边,同时也没有忘记旅行家。

"把他拖出来。"军官命令道。因为有"耙子",这得多加小心才行。犯人沉不住气,背上已经擦破了几处。

从这时起,军官就几乎不注意犯人了。他走到旅行家跟前,重新掏出小皮包,把里面的那些纸翻来翻去,找到了他要的那张,展开来给旅行家看。

"您念念看。"他说。

"我没法念,"旅行家说,"我刚才就跟您说我看不清这些字。"

"仔细些看看怎么样。"军官说,他和旅行家挨得很近，这样他们就可以一块儿念了。可是这样还是不行，于是他就用小手指把字画出来，好让旅行家顺着念下去，他的手指凌空悬在纸上，仿佛怕把纸面玷污了。旅行家也真的努力地尝试了一番，想至少在这方面讨讨军官的喜欢，可是他还是没法念下去。于是军官一个字母一个字母地拼出来，接着把词儿念了出来。"'要公正！'这儿这样写着。"他说，"您现在当然能往下念了。"

旅行家向纸凑得那么近，军官怕他碰上，就把纸抽开一些；旅行家没吭声，不过显然他仍旧没法辨认。"'要公正！'这儿是这么写的。"军官又说了一遍。

"也许是吧！"旅行家说，"我可以相信您。"

"那么，好吧。"军官说，至少在一定程度上满意了，于是他拿了纸爬上梯子；他非常小心地把纸放进"设计师"的内部，仿佛在调整所有齿轮的位置；这是一个很棘手的工作，而且一定牵动了非常小的齿轮，因为有一阵子军官的脑袋完全埋到"设计师"里面去了，这说明他需得非常精细地调整这架机器。

旅行家在下面目不转睛地望着他，连脖子都发僵了，眼睛也因天上炫目的太阳而酸疼不堪。

兵士和犯人这时在一块儿忙着什么。那个人的衬衣和裤子本来都扔在坑里了，兵士用刺刀尖把它们挑了出来。衬衣脏得叫人作呕，犯人在水桶里把它洗了洗。等他把衬衣和裤子穿上，他和兵士都忍不住哈哈大笑起来，因为那件上衣当然已经从后面割开了。也许犯人觉得自己有义务要引兵士发笑，所以在兵士面前把自己那穿了破上衣的身子转了又转，兵士乐不可支，蹲在地上直打自己的膝盖。可是他们为了对上等人表示尊敬，很快就控制住自己的快乐。

军官终于结束了高处的工作,他带着微笑重新检查了机器的每一个小小的部件,"设计师"的盖子本来一直是敞着的,可是现在他却把它关上了,接着,他爬下梯子,先看看坑,然后又瞧瞧犯人,满意地注意到衣服已经给拿了出来,接着他到水桶跟前去洗手,可是等他看到桶里的水脏得叫人恶心,已经为时太晚,他因为无法洗手,感到很不愉快,最后只得把手插到沙土里去——这个权宜之计并不使他高兴,可是也别无他法了——然后,他站起身来开始解制服上衣的扣子。解到一半,他塞在领子里的两条女用手绢掉进了自己的手里。

"两条手绢还给你。"他说,把它们扔给了犯人。然后又向旅行家解释道:"是女士们送的。"

他先是扔下制服上衣,接着一件件扔下所有的衣服,尽管分明很急躁,但是每一件衣服拿在手里时都显示出恋恋不舍的情感,他甚至还用手指爱抚地摸摸外衣上的银绦带,把一个穗子抖抖整齐。这种爱抚的动作显得很突兀,因为他每脱下一件衣服就马上不情愿地急急地往坑里一扔。他身上最后一件东西是他的短剑和挂剑的皮带。他从鞘里抽出剑,折断了它,把碎片、剑鞘和皮带捧在一起,扔进了坑,他扔得那么猛,使坑里发出挺响的吭啷吭啷声。

现在,他一丝不挂地站着。

旅行家咬住嘴唇,一声不吭。他非常清楚下一步将发生什么事,可是他毫无权力阻止军官。如果军官这么珍惜的司法方式真的快完了——也许这还是他干涉的结果呢,他感到自己对这件事不无关系——那么,军官这样做是对的;如果易地而处,旅行家也不会走别的路。

兵士和犯人起先不明白出了什么事;最初,他们甚至没有往这边看。犯人能把手绢拿回来,觉得很高兴,可是他也没能高兴多久,因为兵士突然出人意料地把手绢一把抢走了。现在犯人想从兵士的皮带底下把手绢抢回去,可是兵士看得很紧。因此他们两人就半开玩笑地扭打起来。

直到军官脱光衣服站着,这才引起他们的注意。那犯人察觉什么重大的变化快要发生了,他似乎特别吃惊。刚才发生在他身上的事马上要发生在军官身上了。也许还会进行到底呢。显然是外国旅行家下的命令。这真是报应。虽然他自己受刑没有受到头,可是他报仇却要报个彻底。他脸上漾出一股心满意足的无声的笑容,久久都没有消散。

军官终于往机器走去了。大家早就知道他对机器的构造了解得一清二楚,可是现在看到他怎么操纵机器,机器又怎样服从指挥,仍然不免大吃一惊。他的手只需摸摸"耙子",让它起落几次,就把高度调整得对自己正合适了;他仅仅碰了碰"床"的边缘，它就已经颤动起来了；口衔也抬高来迎合他的嘴，可以看得出军官对这口衔还是有些抵触，可是他只是躲闪了一小会儿，很快就屈服了，把口衔放进了嘴里。

一切都准备好了，只有皮带垂在两边，可是这显然没有用，军官是根本不用捆的。可是犯人注意到了松弛的皮带，在他看来不把皮带扣上，处决就不够完满，于是他急切地向兵士打了个招呼，他们一起奔过去把军官拴紧。

军官已经伸出一只脚要去踢操纵杆，好发动"设计师"；他看见两人走来，就缩回脚让人家把他系紧。可是现在他够不着操纵杆了；兵士和犯人都不知道在哪儿，旅行家则是下定决心连一个手指都不动的。

然而这也根本没有必要，皮带刚一拴紧，机器就动起来了；"床"颤动着，针在皮肤上面闪烁着，

"耙子"在一起一落。旅行家定睛看了好一会儿才想起"设计师"里有个轮子本该发出吱嘎声的；可是一切都很安静，连一点点轻微的噪声也听不见。

正因为机器操作起来那么静，人们都几乎不去注意机器了。旅行家观察起兵士和犯人来。在这两人里，犯人精力更旺盛些，机器上的一切都引起他的兴趣，他一会儿弯下腰来，一会儿踮起了脚，他的食指一直伸出在前面，把种种细节指给兵士看。这使旅行家很烦恼。他本来是决心在这儿留到最后一刻的，可是看到这两个人的模样他受不住了。

"回去吧。"他说。兵士倒很情愿，可是犯人把这个命令看成了惩罚。他合起双手央求让他留下来，看到旅行家摇摇头不肯让步，他甚至跪了下来。旅行家看到光是下命令已然无效，正想走过去把他们撵走。

这时他听到头上"设计师"里发出一种声音。

他抬起头来看看。莫非哪个齿轮要出事不成？可是完全不是那么回事。"设计师"的盖子缓缓升起,接着又啪嗒一声地打了开来。一只齿轮的牙齿露了出来,逐渐升高,很快整个齿轮都看得见了;仿佛有一个巨大的力量在挤那"设计师",所以齿轮也无处容身了。齿轮升高,升高,来到了"设计师"的边缘,掉了下来,在沙子上滚了一会儿,然后就躺平了。可是紧跟着又有第二个齿轮升了起来,后面又随着升起了许许多多大大小小的齿轮,在一刹那间,它们也都走上第一个齿轮的老路,大家随时都以为"设计师"准是的的确确出空了,可是另一套大大小小的齿轮又升起在眼前,它们跌落下来,在沙土上往前滚,最后又躺平下来。

这现象使犯人把旅行家的命令完全抛诸脑后,齿轮把他迷住了,他一次次地想抓住齿轮,同时也叫兵士来帮忙,可是又一次次惊慌地把手缩回去,因为总有另一只齿轮蹦蹦跳跳地滚过来,吓跑了他。至少在刚开始滚的时候是这样。

在另一面,旅行家感到忧心忡忡,机器显然快要粉身碎骨了,它那静悄悄的操作只是一种假象。他总感到自己该帮帮军官的忙,因为军官再也管不了自己了。可是滚动着的齿轮吸引了他全部的注意力,他都忘了瞧瞧机器别的部分了;这时,最后一个齿轮既然总算离开了"设计师",他就赶快弯身到"耙子"上去,却不料看到了一件新的、更糟心的没有料到的事。原来"耙子"并没有在写字,却只是在乱戳乱刺,"床"也没有把身体翻过来转过去,却只是颤巍巍地把身体送到针尖上去。

旅行家想,如果可能,他打算让整个机器停下来,因为现在已经不是军官所希望的那种精巧的受刑了,这根本就是谋杀。

他伸出双手,可是这时"耙子"叉住军官的身体升了起来，转向一边，这本来是第十二个小时上才应该发生的事。血流成了一百道小河，并没有混杂着水，喷水的唧筒也失去了效用。如今，最后一个动作也不能完成了，身子没有从长长的针上落下来，它悬在土坑的上空，不断地流血，却不掉下来。"耙子"也想恢复原位，可是好像自己也注意到没能摆脱负担，所以还是停在土坑的上空。

"来帮帮忙！"旅行家向那两个人喊道，他自己已经抓住了军官的脚。

他想，他在这边拉脚，那两个人在对面抱头，这样就可以慢慢地把军官从针上卸下来。可是那两人下不了决心过来，犯人甚至把身子转了过去；旅行家不得不走上前去强迫他们站到军官头部那儿去。

在这里，他几乎违背自己的意志看了看死者的脸。面容一如生前，也没有什么所谓罪恶得到赦免的痕迹。别人从机器中所得到的,军官可没有得到。他的嘴唇紧闭,眼睛大睁,神情与生前一模一样,他的脸色是镇定而自信的,一根大铁钉的尖端穿进了他的前额。

旅行家,后面跟着兵士和犯人,来到了流放地最早的建筑物的前面,兵士指着其中的一所房子,说道:

"这就是茶馆。"

这所房子的底层是个又深又低的洞窟似的房间,四壁和天花板都给烟熏得乌黑。它的整个门面全向大路敞开着。

流放地的房屋都颓败不堪,连司令官的宫殿式的总部也不例外,这家茶馆虽然没什么不同,却给了旅行家一个印象,仿佛这是一个古迹,他感到了历史的力量。

他向它走近,后面跟着两个伙伴,穿过了门前街上的空桌子,吸到了屋子里流来的凉爽阴冷的空气。

"那老头儿就葬在这儿,"兵士说,"神父不肯让他躺到公墓里去。有一段时间,大家都想不出该葬在哪里,到后来,他们就把他埋在这儿。那个军官绝对不会告诉你的,因为这自然是他平生最丢脸的事。有好几回,他甚至想在晚上把老头儿挖出来呢,可是每一回都给人撵走了。"

"坟墓在哪儿?"旅行家问,他觉得很难相信兵士的话。

可是兵士和犯人都立刻同时跑到他前面,伸出手朝坟墓所在地点指去。他们把旅行家一直带到靠里面的墙根,有些顾客在那儿的几张桌子旁坐着。他们看来都是码头工人,身强力壮,留着短短的又亮又黑的浓密胡子。他们谁也没穿外衣,衬衫也是破破烂烂的，都是些贫贱穷苦的汉子。旅行家走近时，有几个人站了起来，贴紧墙壁，瞪着眼瞧他。

"是个外国人。"这句话轻轻地在他周围传来传去，"他想看看坟墓。"

他们把一张桌子推向一边，桌子底下真的有一块墓碑。这是块很简陋的碑石，很低，所以完全可以藏在桌子底下。碑上有些很小的铭文，旅行家得跪下来才能看清。上面写的是：

"老司令官长眠于此。他的信徒迫于时势只得匿名建坟立碑。有预言云：若干年后，司令官必将复活，率领信徒由此出发，收复流放地。要保持信心，等待时机！"

旅行家读完了就站起身来，他看见周围所有站在一旁的人都在微笑，仿佛也都念过了铭文，觉得非常可笑，正期待着他也抱同感。旅行家不睬这件事，只是散发了一些小钱给他们，等桌子推好，重新盖住了坟,他也就离开茶馆向港口走去。

兵士和犯人在茶馆里碰上些熟人,给留了下来。

可是他们准是很快就摆脱了,因为旅行家才走到通向小船的长石级的半路上,他们就在后面追来了。他们大概想在最后一分钟逼他把他们带走。当他在水边和一个摆渡的争论送他上轮船得多少钱时,这两个人直从石级上冲下来,一声不吭,因为他们不敢声张。

可是等他们来到水边,旅行家已经上了小船,船夫也刚刚把船从岸边撑开去。他们本来可以跳到船上来的,可是旅行家从船板上拿起一根打了个大结的绳子,威胁他们,这才阻住了他们。

李文俊　译

一个庭院保卫战的世相百态

这是一道简单而没有漏洞的木栅栏，还不到一人高。在它后面站着三个男人，目光越过木栅栏，可以看到他们的脸突出在木栅栏上面。中间那个人个头儿最高，一左一右的另外两个，约莫比他矮了一个头还不止，依附着他。这是一个统一的作战小组，这三个人保卫着这道篱笆，或者说被它圈起来的整座庭院。

这里还有其他男人，但是他们并不直接参加保卫战。其中一个坐在院子中间的一张小桌子前，天气很热，他脱掉了军服，挂在椅子的扶手上。他面前摆着几张纸，他正在用需要蘸许多墨水的笔在上面粗放地书写。他时不时地朝一幅小图纸瞄一眼，它被图钉钉在桌面上，它是这个院落的布局图。

这个男人是指挥官，正在根据这张地图做保卫战的布防。有时候，他半直起身子，朝那三个保卫者看几眼，然后目光越过木栅栏飘向外面的原野。他的目光从远处看到的东西也被他用来做布防。他紧张地工作着，如情况紧急时需要的那样。

有一个在附近玩沙子的光脚小男孩，当指挥官招呼他跑腿儿的时候，为指挥官分送写好的纸张。不过，每次在把纸张交给小男孩之前，指挥官总是先用军装擦干净他的被湿沙子弄脏的手。沙子是被水弄湿的，水是从一个大圆木桶里溅出来的，一个男人正用桶里的水洗军衣，他还在栅栏的一块板条到院里的一棵弱小的菩提树之间拉了一根晾衣绳。晾衣绳上挂着待晾干的湿衣服。这时，指挥官突然把他汗流浃背在身上的衬衫从头上脱下来，打了声招呼，然后把它扔到圆木桶旁的那个洗衣男旁边，洗衣男从晾衣绳上扯下一件晾干的衬衫交给他的上司。

在离圆木桶不远的树荫下，一个年轻人坐在一把扶手椅上荡秋千，似乎不关心他周围发生的一切，目光融进天空，瞄向飞鸟，并且用一支圆号练习吹军号的调调。这和其他事情一样是必要的，但有时指挥官就嫌它太吵人，于是不停下手中的工作，头也不抬地朝号手摆手，让他停下来。当指挥官听到这命令没用后，他就抬起头看，并且朝号手吼一嗓子，然后吹号就停一小会儿，但片刻之后号又试探性地吹起来，一开始轻轻地，逐渐音量加大，恢复到刚才的强度。

窗子的窗帘全部拉下来遮好，尽量不引人注意；房子这一面的窗户全都遮蔽好，以防敌人往里瞧和入侵。但是在一面窗帘的后面，房东的女儿猫着腰，朝下瞅着号手，圆号的乐音让她听得心醉神迷，以至于她时时闭目侧耳，右手捂着心脏，尽量吸收这迷人的号声。其实她本该身处后房的大房间里，监督那些正在那里摘拣棉花的小女仆，但她受不了那里的气氛，从那边听圆号之音声音也太弱，不过瘾，不能让她心满意足，反而唤醒她的思慕渴念，最后她受不了了，就离开那间枯燥乏味的大房间，偷偷来到这里。

有时候，她把腰猫得更低，身子更往前探，好看看爸爸是否还坐在那儿干活，有没有女仆检举她——因为那样的话，她也不能待在这里了。没有，爸爸仍坐在那儿，叼着烟斗，坐在大门前的石阶上劈盖房顶用的木片，一大堆已经劈好和半劈好的木片以及未经加工的原材料堆在他周围。房子及房顶也许要遭受战火，人们必须未雨绸缪。

从大门附近的一个用木板钉上大半的窗口里，

冒出来炊烟和噪声，那边是厨房，女房东正协助部队炊事员做午饭。光一个大灶不够用，又支起了两口大锅，可是仍不够，就像眼前显示的那样。让部队全员吃饱喝足，对这位指挥官来说十分重要。因此决定，支起第三口大锅，但是这口锅有点儿毛病，于是把这宅子的花园匠请来对大锅进行修补。此人最初把大锅弄到房子前修补，可是指挥官实在受不了锤子敲打的叮叮当当声，就下令把锅滚到别的地方修理。炊事员们很快变得很不耐烦，一个劲儿派人去看大锅修好没有；可是它还没修好，看来让它在今天午饭派上用场是指望不上了，士兵们只能吃个半饱。首先把当官的伺候好。

尽管他多次非常严肃地不许人给他开小灶，可这户的家庭主妇还是不能决定，要不要给他吃普通的士兵餐。此外她还不想托付任何人替自己服侍指挥官，她穿上一件漂亮的白围裙，在一个银托盘上摆上盛满香浓鸡汤的碟子，端着它给庭院里的指挥官送去，因为你不能指望他并打断他的工作，顺着你的意愿进屋用餐。他看到家庭主妇亲自过来给自己送餐，马上很有礼貌地起身，但是不得不坚决地告诉她，他现在没时间吃东西，既没空也静不下来用餐。家庭主妇摇着头，眼里噙着偷偷瞧他的泪花，求他吃汤；她把托盘伸向仍然站立的指挥官，手里替他端着香喷喷的汤碟，看着他微笑着喝了一满勺鸡汤。在十分礼貌地表示"够了"之后，指挥官又坐下投入了工作，他显然没有注意到，家庭主妇仍在他旁边站了一会儿，然后才不情不愿地回厨房去了。

士兵们则全有正常的胃口。炊事员的大胡子脸刚一出现在厨房的小窗口，用烟斗给了个开饭的手势，午饭很快就给分掉了，此时到处热气腾腾，比指挥官希望的更活跃。两个士兵从一个木板库房里拉来一辆小车,它其实堪称一个大圆桶,里面灌满了来自厨房窗口的滚滚热汤,每个士兵都有份,其实喝汤的地位不容忽视,原汤化原食嘛。

起初这辆小车是推过来协防木栅栏的,即使没有指挥官打手势下令,士兵们也会启用它的,因为那三个士兵此时最容易暴露在敌人面前,这是连头脑最简单的人也能看得出来的,也许比当官的更能看得出来。可是指挥官眼下最关心的是加快分发午饭的速度,并且尽可能缩短因为吃饭而造成的令人厌烦的保卫工作的中断;他和那三个模范士兵一样,眼下更多地环顾院子和那辆小车,而不是操心栅栏外面的地带。士兵们很快地被从车上拉下来,然后它沿着木栅栏被往前推,每二十步左右就布防三个兵蹲在木栅栏下,做好准备,一旦需要,就像最初那三个士兵一样,突然站起来迎击敌人。

与此同时,后备队从房子里鱼贯而出,在厨房小窗口前排起了长队,每个人手里都拿着一个饭碗。那个吹号兵也慢慢走近了,这让房东的女儿很是懊恼;她现在又回到女仆们身边。她把饭碗从他的扶手椅下面取出来,并把他的圆号塞进扶手椅底下去。

这时在菩提树的树梢发出了一阵沙沙声响,因为在树上坐着一个士兵,他的任务是用望远镜观察敌人。此时他不顾他的监视敌人动静的重要且不可或缺的任务,被运汤车吸引了去,而拉车的兵也暂时忘记了他。这让他很是恼火。更让他恼火的是,几个闲散的后备队士兵,为了更好地享受饭菜,围坐在树干下,汤的热气和香味直扑坐在树上的他。他不敢喊叫,而是扑倒在大树杈上,折腾了几下,还把望远镜从树叶之间往下捅了几下,以便引起别人的注意。一切均告徒劳。他可是小车的发现者之一,可现在他必须等着,等到小车分餐结束后转回到他这儿来。当然,这用去了不少时间,因为庭院着实很大,足有四十个战斗岗位(每个有三名士兵)需要照顾到。

当累得贼死的士兵拉着小车终于转回到菩提树下时,大桶里剩下的已经很少,肉块尤其稀缺。树上的侦察兵还是很高兴地接受了残羹剩饭,有人把饭碗固定在一根带钩子的杆子上给他递了上去。但很快他就从树干上滑下来一点儿,愤怒地往下踹了一脚——这是他的致谢——踹在那个刚为他服了务的士兵的脸上。很可以理解,这士兵气得发狂,让他的同志把他扶起来,嗖嗖几下爬上了树,于是开始了一场从下面看不见的大战,只表现为树枝的晃动摇摆,沉闷的哼哼唧唧声,树叶稀里哗啦飞来飞去,直到最终那只望远镜掉到地上,然后马上消停下来。

指挥官充分利用了这段时间处理其他事

情——似乎在战场外发生了不同的事情；幸运的是他没有注意到。刚上树的士兵默默地爬了下来，掉在地上的望远镜被友好地递了上去，一切恢复正常，即使汤里的东西也没受到什么损失，因为侦察兵在开仗前已经小心地把碗结实固定在了上面的树枝上。

冷杉　译

桥

我是僵硬而冰凉的，我是一座桥，躺平在深谷之上，这头用脚尖、那头用双手钻入山体，在黏土碎块中我咬紧青山不放松。我裙子的下摆飘落在我的两旁。深谷里，冰凉清洌的鳟鱼在溪水中哗哗流过。没有旅游者会攀上这难行的高处，桥还没有在地图上标出。

于是我就这么躺着等待；我必须等待；没有一座建好的桥在垮塌前会停止其作为桥的存在。

有一次，在靠近黄昏的时候，也不知是第一次还是第一千次，我又是思绪纷乱，又是杂念一圈圈地在脑子里乱转。这是夏天的一个黄昏，溪水咕咕嘟嘟地流得较缓，这时我听到了一个男子的脚步声。到我这儿来，到我身边来。

桥啊，伸展你的胴体，打起你的精神，没有栏杆的大梁啊，守护住把自己托付给你的人，在他浑然不觉中平衡他不稳的步履，如果他踉跄欲跌，就显现你巾帼的本色，像山神一样把他托上大地。

他来了，用他登山杖的铁尖试探地敲击我。然后，他用它挑起我的裙摆，把它整齐地搭在我的身上，又把它插进我丰厚的毛发，让它久久地埋在里面，同时他可能在四下张望。

可是随后，就在我期盼他翻山探谷时，他用双脚一下子跳上我的身子。我完全没料到，痛得浑身颤抖。他是什么人？仍是个孩子吗？是个体操运动员吗？是个鲁莽汉吗？是个想自杀的人吗？是个诱奸者吗？还是个毁人者？我转过身来想瞧瞧他。

桥转过身来了！还没等完全转过身来，我就垮塌了。我塌掉了,已经断裂成几截,被谷底从激流中探出头来、一向安静平和地凝视我的砾石尖尖,刺穿了身体。

冷杉 译

一只杂交动物

我有一只奇特的动物,半像小猫,半像羊羔。

它是我父亲祖上的传家宝,但到了我这辈儿才进化开来,起先它像羊羔远胜过像小猫,可是现在两者扯平了,一半儿一半儿。说它像猫,指的是脑袋和爪子;说它像羊羔,指的是个头和身形;说它两者都像,指的是眼睛,都那么秋水潋滟而含情脉脉。它的短毛滑顺柔软,紧贴在身上。它的动作既有连蹦带跳,也有缓慢爬行。在白天的阳光下,它伏在窗台上,蜷成圆圆的一团,发出呼噜呼噜的响声。在户外的草坪上,它尽情地撒欢,抓都抓不住。它一见猫就逃,一见小羊就追扑。在夜月下,屋檐的水槽是它最爱潜行的通道。它不会发出喵喵的叫声。它厌恶老鼠。在鸡窝旁边，它能一连守候好几个小时，可是绝不会有一次致命出击。我端着对它最有益的甜奶走近它，它嗞溜嗞溜地大口把奶舔食着，露着它食肉动物的尖牙喝下去。

很自然地，它成了孩子们的一个大玩具。星期天上午是来访的时间，我把这个杂交的小动物抱在怀里，左邻右舍的孩子们顿时把我围在中间，稀奇古怪的问题接连抛问给我，没人能回答得了。

我也不费那个神多做解释，就只满足于把我这个小可爱展示给孩子们看。有时候孩子们也把他们的猫咪带过来，有一次他们甚至把两头小羊羔牵了来。这场面可是超越了动物们的认知期待，它们用动物的眼睛安静地彼此对视，很显然把对方的存在当成了神迹。

在我的怀抱里，这个小家伙既不害怕，也没有加害的欲望。它就舒舒服服地偎依在我身上。它信赖、忠于这个把它抚养大的家庭。它可不是随便对哪个人都绝对信赖忠诚的，而是出于动物的直觉，这种直觉告诉它，虽然这地球上姻亲无数，但也许只有它拥有和人很近的血亲关系，因此它在我们家找到的这种庇护是很神圣的。有时候我不禁乐开了花，见它在我身上闻来嗅去，在我两腿间穿来绕去，完全不能把它和我分开。它已经是羊和猫了，这还不够，它几乎还想是一只狗。别说，我还真的严肃想过这个问题。它身上有着两种骚动，一种是猫的，一种是羊羔的，它们是那样异彩纷呈。但是它一身皮太紧了，裹不住这种多样性。

也许屠户的刀本该是给它的一种解脱，但它作为我家的传家宝，我当然拒绝这种想法。

冷杉　译

饥饿艺术家

最近十年来，人们对饥饿表演的兴趣大减。过去，举办这种自导自演的大型表演，其收入是相当可观的，如今则完全不可能了。那是另一个时代。

当时全城人都对饥饿表演者津津乐道；随着饥饿表演一天天地过去，人们的关注与日俱增。每个人都想一天至少观看一次。在表演结束前的最后几天，有些买了长期票的人，整天坐在小小的铁格笼子前守望着；连夜里都有人前来观看，在火把的光照下，效果奇特，别有意趣。

天气好的时候，就把笼子搬到露天场地，这时孩子们可就撒上欢儿啦，他们喜欢看阳光下的饥饿艺术家；至于大人们来看饥饿艺术家，常常就是为了找个乐子，时尚一把；而孩子们一看到他，就惊得目瞪口呆，为安全起见，他们手拉着手，惊奇地瞅着这个穿黑色紧身衣的饥饿艺术家，瞧他的脸色多苍白呀，瞧他瘦得皮包骨头呢。

他甚至连扶手椅都鄙弃，就席地坐在铺在笼子里的干草上，时而礼貌地对大家点头致意，时而强作欢颜地回答大家的问题，还把骨瘦如柴的胳膊伸出铁栅栏，让众人摸一摸他；然后他又完全沉湎于自己身上，对别人不再理会，连对他如此重要的钟表的嘀嗒声也充耳不闻（这笼子里唯一的摆设就是这个钟表了），而只是呆呆地看着前方，眼睛几乎闭着，时不时端起一个很小的杯子，咂一点水，湿润一下嘴唇。

除了一拨拨观众来来往往之外，还有几个由公众推选出来的固定看守人员。说来也怪，这些人一般是屠宰从业人员。他们总是三人一组轮班，工作是日夜盯着这个饥饿艺术家，绝不能让他以各种办法偷偷进食。

但这只是走走形式而已，做做样子安慰观众，因为内行人心里明白，饥饿艺术家在表演饥饿期间，无论发生什么情况，甚至你逼着他吃，他都绝不会进食哪怕一星半点的。他的职业尊严，艺术荣誉感，禁止他这样做。

当然，并不是每个看守人员都清楚这一点，有时候就出现这种情况：有些夜里监视的班组，故意看管得很松，躲进一个远远的角落，聚在一起，一心一意地打牌。

很显然，他们这是故意留给饥饿艺术家一个空子，让他能领会他们的意图，取出藏匿的食物偷偷吃一点儿。没有谁比这样的看守更让饥饿艺术家痛苦的了；他们让他意志消沉，郁郁寡欢；他们让他的饥饿表演异常艰难；有时候他强打起精神，就在看守值班期间，尽其所能唱歌，只为向这些人表明，他们怀疑他偷吃东西是多么冤枉。

但这于事无补，反而让他们惊叹他真有本事，竟能一边唱歌一边吃东西。另一些看守人员则让饥饿艺术家十分满意，他们紧挨着铁栅栏坐下，嫌厅堂里夜间的照明太暗，就用演出经理配发给他们用的手电筒照着他。刺眼的光线一点儿也干扰不了他，就算他不能入睡，打个盹儿还是从来都没问题的，无论在任何光线下，在任何时辰，也不管厅堂里如何人满为患、人声鼎沸。

他非常乐意彻夜不眠，同这样的看守人员共度通宵；他乐意和他们打趣逗闷子，给他们讲他漂泊生涯的经历，然后再听他们讲他们的故事，做这一切只是为了让他们保持醒着，以便随时向他们显示，他在铁笼子里没有藏匿任何可吃的东西，他始终在挨饿,而这本领是他们中没有一个人具备的。但最让他感到幸福的是,天亮之后,他自掏腰包让人给他们送来最丰盛的早餐,看着他们像饿狼似的扑上去,以健康男人经过一整夜艰难熬通宵的旺盛食欲,狼吞虎咽。

当然,也有人对此举不以为然,他们认为这就是饥饿艺术家用这种早餐贿赂看守,以利自己偷吃东西。这就未免太过分了。如果你问这些人,他们自己愿不愿意为了事业,瞪着眼睛熬一通宵而又不吃早饭,他们肯定会拔腿就走,虽然在心里他们一直存疑。

这种对饥饿表演的怀疑,肯定是在所难免的。没人会时时刻刻、夜以继日地盯着饥饿艺术家,看他有没有偷吃东西;谁也无法根据自身所见的事实证明,他是不是真的在持续不断地忍饥挨饿,而没有漏洞;这个,只有饥饿艺术家自己心里最清楚;

只有他自己，才是对他耐饿的表演是否完全满意的观众。

但是，他由于另一个原因，而从来没有对自己满意过；也许他根本就不是被饥饿整得形销骨立，而是被自我不满搞得皮包骨头，如此不堪，致使有些人出于对他的怜悯，远远避之而不忍心来看他的表演，因为他们受不了见到他这副样子。

其实只有他自己清楚，饥饿表演是一件再容易不过的事，它确实是世上最容易的事了。但对这点，连行家也不明就里。他自己对此其实从没讳言，但架不住没人信他：往好里说，有人以为他这是谦虚，大多数人认为他这是有瘾；往坏里说，他就疑似是一个江湖骗子，饥饿表演对江湖骗子而言肯定不难，因为他能轻易地让人相信，他有快乐挨饿的锦囊妙计，而他又脸皮厚到半遮半掩地说出绝食其实易如反掌的秘诀。

对所有这些流言蜚语,他都忍下来了;年复一年,他早就习以为常了。但在他内心里,他的不满始终啃咬着他。每次饥饿表演期满后,他都极不情愿地离开笼子,没有一次例外——这点我们可以为他做证。

剧场经理为他规定的最高饥饿表演期限是四十天,超过这个期限他绝不会让他继续饿下去,即使在国际大都市也不例外,个中道理很容易理解。事实证明,在四十天之内,可以通过逐渐热火的广告招徕,不断激发全城人的兴趣;但再演下去,公众就疲劳了,表演场所就会一下子冷清下来。当然了,这一点城乡略有差别,但四十天是大限,这条经验无论放哪儿都适用。

因此,时间一到第四十天,插满鲜花的铁笼子的门就给打开了,情绪激动的观众挤满了半圆形的露天剧场,一支军乐队高奏乐曲,两名医生走进笼子，给饥饿艺术家做必要的检查和测量，然后通过扩音器当场通报结果。最后过来两名妙龄女郎，为自己有幸被选中服侍饥饿艺术家而兴高采烈，她们要把饥饿艺术家搀扶出笼子，走下几级台阶，台阶前摆张小桌子，上面已摆好一顿经过精心挑选的病号饭。

每到这时候，饥饿艺术家总是拒不配合。虽然他自愿把皮包骨头的手臂放在女郎躬身伸过来的玉手上，却不肯站起来接受她们的搀扶。凭什么刚一过四十天就要终止饥饿表演呢？他本该可以坚持更长时间的，不限时长地坚持下去；为什么总在他就要达到饥饿表演艺术的高潮时戛然而止呢？让他永远功亏一篑。

为什么不让他继续饿下去呢？假如让他继续做下去，他不仅能成为有史以来最伟大的饥饿表演艺术家（这一步显然他已经做到了），而且还能跨越这一步达到常人不可企及、难以理解的耐饿巅峰（他觉得自己的耐饥饿能力是没有止境的）。为什么有人要剥夺他这项臻于极境的荣誉呢？这群人为什么夸他没个够、看他却有够呢？他本人尚且很情愿饿下去，为什么他们却不忍看下去呢？再说了，就在他已经很疲倦，满可以坐在草堆上好好休息的时候，人们却要他竖起自己麻秆儿似的身躯，走过去进餐，这不是勉为其难吗？现在对于吃，他已是一想到就干呕；若不是碍于这俩美女的面子，他早就揭竿起义了。他仰头看着姑娘貌似亲切、实则阴冷的眼神，摇着自己压在细脖子上的大脑袋。

　　但还是发生了总会发生的事情：剧场经理驾到。他一声不吭地——音乐响得让交谈无法进行——抬起双臂举到饥饿艺术家头顶上，仿佛邀请上苍一睹他这件坐在干草上的艺术品的"芳容"，这个值得怜悯的殉道者（显然饥饿艺术家已经是殉道者了,只不过是另一种意义上的)。

然后,剧场经理用双手抓住饥饿艺术家的细腰,动作十分小心,让人觉得他抱住了一件极易损坏的艺术品;然后,很可能是经理在暗中给了他一下子,使得饥饿艺术家的两腿和上身不由自主地晃荡起来;然后,经理就把他交给了脸色已吓得煞白的姑娘们。

事已至此,饥饿艺术家只好任人摆布;他的脑袋一下耷拉到胸前,仿佛滚到那里就受阻停下了;他的身体已被掏空,像一副架子;他的双膝出于自卫的本能夹得很紧,可是两脚刨着地面,好像这不是真的地面,它们在寻找踩得住的地面似的;他全身的重量都压在一个姑娘身上,尽管这重量已经很轻,她仍气喘吁吁地四顾求援(她没想到这件光荣任务竟是这副样子),她先把脖子尽可能抻得老长,好让饥饿艺术家至少不至于碰到自己的芳容。但她没有做到这点，她那位幸运一点的女伴儿也不来帮她的忙，只肯哆哆嗦嗦地拉住饥饿艺术家的一只手——其实只是一捆儿细骨头——举着往前走，在一片哄堂大笑中哇的一声哭出声来，只得由一个早就等候待命的仆人换下了她。

随后开始吃饭，剧场经理给软塌塌半昏厥的饥饿艺术家灌了点儿流食，同时说点儿开心的话，转移大家对饥饿艺术家的身体状况的注意；然后，估计是饥饿艺术家对剧场经理耳语了什么，后者就据此提议为观众干一杯；乐队起劲地奏响一曲，为大家助兴。最后人群散去，没一个对所见所闻不满意的；没一个，除了饥饿艺术家，总是只有他一个人不满意。

就这样，他定期表演，有规律地休息一下，以利再战，度过了岁岁年年，表面上光彩照人，荣袍加身，名扬四海。但大多数时候，他是心情阴郁的，而且愈加阴郁，因为没有人能真心体察他的苦闷。人们用什么安慰他呢？还剩下什么可让他企求的呢？

一旦有个好心肠的人怜悯他，并想向他讲明白，他的悲哀显然是饿出来的，这时候——特别是在经过了一段时间的饥饿表演之后，他就会勃然大怒，那场景简直像一只野兽开始猛烈地摇撼铁栅栏，真正吓人至极。

但对此局面，剧场经理自有其应对办法，这种惩罚手段他屡试不爽。他会当众为饥饿艺术家的失态开脱，解释说：饥饿艺术家的种种举止太可以原谅了，因为他的易怒完全就是饿出来的，对此吃饱的人是不会即刻就能理解的。然后，他讲起了有关饥饿艺术家的一种需要加以特别解释的说法，即饥饿艺术家能够绝食的时间，比他所做的饥饿表演的时间，要长得多。经理接着赞颂了他的雄心壮志、善良的心愿和伟大的自我克制精神,这些品质当然也包括在这一说法之中。但接着,经理就用展示照片(这些照片也供出售)的方法,把这种有关饥饿艺术家的说法,轻松驳斥得片甲不留。因为从这些照片上,人们可以看到饥饿艺术家在表演第四十天的时候,躺在床上,几乎虚脱到奄奄一息。

这样的驳斥对饥饿艺术家来说,虽然司空见惯,但伤人极甚,其中的歪曲事实抹黑真相叫他很难忍受。提前结束饥饿表演,明明是结果,有人却非要把它解释为饥饿表演结束的原因!抵制这种无知加愚蠢,抗争这个无知加愚蠢的世界,是螳臂当车。每当经理发言的时候,饥饿艺术家还总能抓着铁栅栏如饥似渴地倾听,真诚地愿意去相信;可当经理一展示照片,他就松开铁栅栏,叹着气悲哀地坐回到干草上去,这时刚得到抚慰而平静下来的观众就又骚动起来,再次拥上来参观他。

几年后,当这样场面的目击者们回想这件往事的时候,他们仍然经常觉得不可思议,难以理解。因为在这期间,发生了那个在本篇开头提到的剧变;它几乎是突如其来的;它应该有更深层的原因,可是谁没事儿去探究呢?

总之,就是这个备受追捧的饥饿艺术家,有一天突然就被爱看热闹、追求新鲜刺激的观众抛弃了;他们现在更愿乌泱乌泱地涌向别的演出场所。剧场经理带着他再次跑遍半个欧洲,要看看是否还能找到仍对饥饿表演感兴趣的老票友;一切努力都白费;所到之处皆可发现,人们就像达成一项默契似的,表现出对饥饿表演拒斥的态度。

当然,真相不可能突然降临,冰冻三尺非一日之寒,现在人们回想起来会发现,之前还是有一些苗头的,但由于被成就所陶醉,没有引起足够的重视,疏于防范,酿成苦果,如今无论采取什么补救措施都为时已晚了。诚然,饥饿表演的伟大复兴迟早还会到来,但对活着的人来说还是洗洗睡吧。可是,饥饿艺术家现在该怎么办呢?这个曾接受万人簇拥欢呼、频登大雅之堂的明星,总不能屈尊去小集市的戏台子表演吧;而要改行干别的事呢,则饥饿艺术家不仅岁数太大,而且最重要的,是他对饥饿表演爱得发狂,岂肯轻言放弃?于是他最终告别了剧场经理——这个人生旅途上无人能比的志同道合、风雨同舟者,让自己被一家大马戏团招聘了去;为了保护自己的自尊心,他根本不看合同上写的条件。

这是一个大型马戏团,有众多的人员,数不清的动物和器械设备,经常需要淘汰和补充。无论什么人才,马戏团随时需要,连饥饿艺术家也不例外,当然要求要合理,提的条件要适中。

具体到这位身上,实属特事特办,聘用他不仅因为他本身，还因为他早已名闻遐迩。这种艺术的特点是，表演者的技艺并不随着年龄的递增而递减。有了这个特点，别人就不能说：一个过了气儿的、走下坡路的老朽艺术家现在想躲到马戏团的一个安静闲适的岗位上养老啦。正相反，饥饿艺术家拍着胸骨保证：我的饥饿本领丝毫不减当年，你们尽管相信我好了。他甚至断言，只要允许他独往独来自行其是（他们马上答应了他的这个要求），他就真的能做到让世界为他震惊，其程度史上罕见。饥饿艺术家一激动起来就忘记时代精神，说出显然不合时宜的言辞，让专业人士听了只能付之一笑。

但是说到底，饥饿艺术家没有丧失观察现实社会的能力，并对马戏团把他放在一个离马戏团兽场很近的交通道口，而不是把他及其笼子安置在马戏场的中心位置，认为理所当然。笼子周围是一圈儿色彩斑斓的大广告牌,花体美术字醒目地告诉人们这里能看到什么。

如果观众在马戏表演的休息时间涌向兽场参观"动物园"的话,几乎都要从饥饿艺术家的笼子前经过,并且驻足片刻;他们本想在这里多待一会儿,从容地参观一下大师,但架不住过道太窄,接着涌过来的人群不明就里,纳闷儿前面的人为什么不抓紧通过去看野兽,非挤在这儿,这就使得人们不能从容地观看饥饿艺术家。

这也就是饥饿艺术家一看到人们前来参观,就浑身打哆嗦的原因(本来他应该由衷欢迎的,毕竟让人参观他是他的生活目的)。

起初他也的确翘首盼望马戏演出的休息时间,当看到观众潮水般涌来的时候欣喜若狂;但他很快就看出不是这么回事,那一波波涌来的人群,其本意大多是要去看兽畜的。即使那些顽固不化的饥饿艺术家的老拥趸也无法对这一现实视而不见。即便如此，见到人群由远及近蜂拥而来，对他来说仍是最美好的事情。因为当他们来到他的笼前后，就立刻围着他大吵起来，新的派别不断形成互相谩骂。

一派想要悠闲自在地观赏他一番，这么做并非出于对他有所理解，而是出于任性和对催他们快走的后面的人群的赌气；这些人很快就会让饥饿艺术家更加痛苦。

另一派，他们赶过来只想要看动物而已。等到大部队通过后，小股人群姗姗来迟，因为这时不再有人在后面催他们了，他们如想看饥饿艺术家的话，可以停下尽情地看；只可惜他们也是奔着动物去的，迈着大步匆匆而去，几乎目不斜视地鱼贯而过。

偶然也有幸运的时刻：一个爸爸领着几个孩子过来，指着饥饿艺术家对孩子详细讲解，他是怎么一回事。爸爸讲到在当年,他看过类似的但盛况空前的饥饿表演。但孩子们没有那么多学历和生活阅历,总也理解不了——他们知道饥饿是什么吗?不过,从他们炯炯发亮、充满好奇探询的目光里,流露出某种属于未来的、更有人性的新时代的悲悯与善良。

后来,饥饿艺术家有时还暗自心想:假若他所在的地点不是离兽场那么近的话,也许一切还会好一些。

目前,很容易让人选择去看兽场而不是看他;更何况还有兽场散发出的气味,兽畜夜间的喧闹折腾,饲养员肩挑生肉喂猛兽来回走动的脚步声,喂肉时兽畜的吼叫,这一切都持续搅扰着他,把他搞得一直郁郁寡欢。

但他又不敢向马戏团领导申诉意见;相反,他得感谢这些兽畜给他引来那么多的人群,其中时不时地也有个把人是专门来看他的。若不是他想提醒人们注意到他的存在，从而让人们记起，在通往兽场的路上还有这么一个障碍，指不定领导会把他塞到哪个不起眼的角落里去呢。

然而他只是一个小小的障碍，一个变得愈加卑微的小障碍。在当今时代，如果竟还有人愿意为一个饥饿艺术家耗费关注，那就怪了；不过对此等怪事，人们也早已见怪不怪了，而这种见怪不怪，也就判定了饥饿艺术家的命运。

随他尽其所能，去表演他的饥饿艺术吧，反正他也已经这样做了；不过他的救赎嘛，也就不要谈了。人们经过他，挥挥手从兹而去。给谁讲讲饥饿艺术吗？你试试看！只要他没亲身挨过饿，就休想给他讲明白何为饥饿艺术。

铁笼上漂亮的美术字广告变脏了，读不出来了，有人把它撕了下来，没人想到换新的。

记录饥饿表演天数的小黑板,起先每天都要认真地更新数字,现在早已停止更新了,每天都是那个数,因为过了头几个星期之后,记录天数的那个人本身就对这项简单的工作腻歪了。

而饥饿艺术家却仍如他以前梦想的那样接着饿下去,并且一如他当年预言的那样,越饿越不费劲,越饿越没痛苦。只是,没人给他数天数了,没人——连饥饿艺术家自己也不——知道,他的成绩其实已经很伟大了。因此他的心情变得沉重起来。如果某一天,有个游手好闲的家伙来到这里,开始奚落小黑板上的那个旧数字,说它是骗人的把戏,那么他的这番话就是人类的冷漠和恶的天性所能编造的最愚蠢的谎言,因为,非但不是虔诚创作的饥饿艺术家诓骗了世人,反而是世人骗取了他的报酬。

又有许多天过去了,饥饿表演终于结束。一

天，一个管事无意看到了这个笼子，很讶异，就问仆人们，这个笼子好端端的，里面却铺着腐臭的干草，为什么让它闲着，弃之不用？没人回答得出来，直到一个人看到了记录天数的小黑板，才想起了还有饥饿表演这回事儿。人们用竿子挑起腐草，发现饥饿艺术家还在里面。

"你还在一直饿着吗？"管事问，"你到底什么时候才停下来呢？"

"各位原谅我吧。"饥饿艺术家的声音细如游丝。

管事把耳朵紧贴铁栅栏，才勉强听出他的话。

"当然，当然，"管事边回答边用手指压住自己的额头，以此向仆人表示饥饿艺术家情况不妙，"我们原谅你。"

"我过去一直希望，你们能赞赏我的饥饿表演。"饥饿艺术家说。

"我们也是赞赏的。"管事迁就地回答。

"可是你们不该赞赏它。"饥饿艺术家说。

"好,那我们就不赞赏它。"管事说,"不过,究竟为什么,我们不该赞赏它呢?"

"因为我必须挨饿,我没有别的办法。"饥饿艺术家说。

"这可就怪了,"管事说,"你究竟为什么没有别的办法呢?"

"因为我,"饥饿艺术家边说边把小脑壳仰起一点儿,噘起嘴唇直接伸向管事的耳朵,仿佛要吻它似的,生怕管事漏掉他一个字,"因为我找不到对我胃口的吃的。假如我能找到合我胃口的饭菜,那么请相信我,我就不会闹出这么大的动静了,并且会像你和所有人一样,吃得饱饱的。"

这是他的最后几句话,但在他瞳孔已经散大的眼睛里,仍流露出虽然不再是自豪,但依旧是坚定的信念：我要继续饿下去。

"好了，收拾收拾吧！"管事说。

于是人们把饥饿艺术家连同腐草一起给埋了。

铁笼里换上了一只刚成年的豹子。即使最木讷迟钝的人看到在这弃用那么久的笼子里，有只生凶活猛的野兽蹿来跳去，他也不会不觉得喜不自禁、赏心悦目的。饲养员们不费什么脑子，就给它送来它爱吃的食物；它也好像丝毫不为失去自由而感到惆怅；这副高贵的躯体应有尽有，不仅尖牙利爪兼具，似乎连自由也随身带着；自由好像藏在它牙齿里的什么地方；它的生命欢乐随着它巨大的吼声，迸发自它的血盆大口，如此之强烈，让观众对它有些受不了。不过他们还是克制住自己，挤在铁笼四周，一点儿也不愿意离去。

冷杉　译

兀鷹

有一只兀鹰正在啄我的脚。它已经把我的靴子和袜子都扯开了,眼下正啄我脚上的肉。它老是先用贱招儿,然后急躁地绕着我飞几圈儿,接着开展下一轮的攻击。

有一位先生从这里路过,观察了一会儿后问我,对这种事您怎么那么能忍。

"我一点辙儿都没有,"我回答,"它一飞过来就开始啄,我当然想把它立刻赶走,甚至试着把它扼杀。可是,这样一种猛禽力大无比,它甚至想对我蹬鼻子上脸地啄。这样一来,我只好丢卒保车,牺牲我的两只脚了。现在它们都快给扯烂了。"

"您岂能让自己这么憋屈,"这位先生说,"给它一枪子儿不就结啦?"

"真的吗?"我问,"那您愿意帮我这个忙吗?"

"愿意效劳。"这位先生说,"只是我得先回家取枪。您还能再熬半个小时吗?"

"这我哪儿知道。"我说,我已经疼得僵立在这里好一会儿了。接着我说:"无论如何,请您试试吧。"

"好的,"这位先生说,"那我去去就回来。"

在我们交谈的当儿,兀鹰静静地听着,鹰眼来回瞅瞅我,又瞅瞅他,目光在我俩之间游移。现在我看出来了——它什么都听懂了。它一怒冲天,后退了一大圈,为了积蓄足够的俯冲力,然后冲将下来,鹰喙像支标枪从我嘴里深深捅进我的身体。

仰面倒下时我感到了一种解脱，鹰喙充满我的体内深处让我释然，这是一种被漫过整个堤岸的血海无可救药地淹死的感觉。

冷杉　译

致科学院的报告

可敬的科学院院士先生们：

　　承蒙诸位垂爱，邀请我向贵院呈交一份关于我过去所经历的人猿生涯的报告，我感到荣幸之至。

　　我深感愧疚无法满足诸位的要求。自从我脱离人猿生涯，已近五年了。从历书上看，这段时间仿佛很短，事实上，尽管我的日子过得如同白驹过隙，时光流逝起来还是极其迟缓。诚然，我生活中有优秀教练的伴随，也不乏金玉良言的劝诫，以及喝彩叫好声和乐队的管弦声，然而根本上我还是孤独的，因为我的那些监护人为了造成一种印象，总与我保持一个距离。

如果我一直死抱住我的出身，执着于少年时代的记忆，我决不会取得目前的成绩。老实说，"不固执"就是我羁绊自己的至高无上的第一诫；虽则我是只自由的人猿，但是我甘心接受这样的约束。其后果呢，当然是过去的影子越来越淡薄。

倘若人类许可，我原本也可以经由一道长得足以跨越天地的桥梁，回复到原来的生活，可是我既然驱策自己在造化规定的事业上努力前进，我背后的那个入口也就逐渐缩小变窄；我觉得在人类的世界里更加舒服，格外舒畅；来自我的"过去"跟在我后面的那股强风开始变弱；到今天，它仅仅是一丝吹拂着我的脚跟的微风了；而远处的入口，也就是风所发出和我自己所来自的地方，已变得那么狭窄，即使我有足够的力量与意志想回去，在穿越入口时也非落个遍体鳞伤不可。

一句话，用我喜欢的形象的语言来说，一句

话：先生们，你们过去的人猿生涯——你们经历中的别的事情也一样——和你们现在之间的距离，不见得比我过去与目前之间的距离大多少。可是世上每一个生物都有搔脚跟的癖好，从小小的黑猩猩到伟大的阿喀琉斯①莫不皆然。

然而如果把要求降低一些，我还可以满足诸位的愿望，为诸位效劳是我求之不得的事。我学会的第一件事便是握手，握手是表示诚恳的意思。既然这样，今天，当我达到事业的高峰时，我愿意在第一次握手所表示的诚恳之外再添上几句诚恳的话语。我在这儿要告诉贵院的事实上并没有任何新内容，当然不会符合诸位的要求，也不能表达我的好意于万一——然而，虽则如此，我的叙述还是应该

---

① 阿喀琉斯是希腊神话中的英雄，刀枪不入，只有后脚跟有一处弱点，也是后来致死的原因。阿喀琉斯并无搔脚跟的癖好。作者是在表示人猿一知半解，以己度人，乱用典故。——译者注

能够表明：

一只往昔的人猿需要走什么道路，才能进入人类的世界，并且取得安身立命之道。但是，倘若我不敢肯定自己正确，倘若我在文明世界所有大舞台上的行为不是全然无懈可击，我是不敢用下面琐碎的细节来烦渎诸位的倾听的。

我的原籍在黄金海岸。至于捕获到我的经过，那就得借助于旁人的证词了。海京伯公司派出的一个打猎探险队——顺便插一句，后来我与探险队的队长一起干掉过许多瓶上好的红酒——埋伏在海岸附近的一个丛林里。

恰巧我和一伙人猿在傍晚时分下来喝水。他们向我们开枪，我是唯一被击中的人猿。我身上中了两枪。

一处是在面颊上，是个轻伤；可是留下了一个光秃秃的大红疤，使我得到了"红彼得"的诨号,这个称呼够可怕的,与我完全不相称,只有人猿才想得出这样的名字,仿佛我和那个耍把戏的人猿彼得——他不久前才去世,在地方上还有些小名气——唯一的不同就是我面上有个红疤似的。不过,此乃插话而已。

第二颗子弹打在我大腿上。这伤势可不轻,直到今天我的腿还有点瘸。

最近,我在报上看到一篇文章,那是一万个专拿我出气的空谈家中的一个写的,文章说我还没能完全控制住自己的人猿本性;证据是每逢参观者来访问时,我总爱脱下裤子给他们看子弹是从何处穿过去的。写这篇文章的人的手指真该一个一个地给子弹打断。至于我,只要我愿意,当然可以在任何人面前脱下裤子;你们不会看到别的,只除了梳理得很顺的毛和一个伤疤——请允许我为了特殊的用途挑选一个特殊的词儿,以免引起误会——一颗漫无目标的子弹所造成的伤疤。

一切都是光明磊落的,什么都不用隐瞒;当痛苦的真实受到怀疑时,高明的人自然会摈弃华丽的装饰。不过倘若那篇文章的作者胆敢在来访者面前脱下裤子,那情形就大相径庭了,我敢担保他不会这样干。既然如此,我也请这位文雅的先生不必多管我这个粗坯的闲事!

在挨了这两枪之后,我恢复知觉时才发现自己来到了海京伯轮船中舱的一只笼子里——我就是从这时开始逐渐有记忆的。这笼子并非四面都是铁栅的那种,而是钉在柜子上的,只有三面是铁栅,第四面就是柜子。笼子低得我站不直,而且又窄得我坐不下去。因此,我只得弯着膝盖跪着,身子无时无刻不在颤抖。也许有个时期我谁也不愿见,只想待在黑暗当中吧;我总是把脸朝向柜子,所以笼子的铁栅都嵌进了我背部的皮肉。在捉到野兽后的最初阶段,用这种方法囚禁野兽应该是有其优点的吧,我通过自身的经历也无法否认,从人类的角度来看,这也的确是唯一可行的办法。

可是当时我并不作如是观。我生平第一次发觉自己没有了出路,至少是没有简捷的出路;紧贴在我面前的是那个柜子,一块块木板紧紧地接在一起。的确,木板间有一条缝儿,我刚发现的时候还天真得狂喜地大吼了一声呢,可是那条裂缝小得连尾巴都塞不进去,不论人猿有多少气力也休想把它撑大一些。

应该说,我发出的声音小得迥乎异常,这也是后来听别人告诉我的,人家从我的声音里得出这样的结论:要不就是我很快就会死去,要不就是我能够度过第一个阶级,训练起来准定非常听话。我也真的度过了这个阶段。我绝望地啜泣,痛苦地捕捉跳蚤,悲惨地把一只椰子舐来舐去,不住用脑袋撞柜子，逢到有人走近就对他吐吐舌头——在新生活的第一个阶段里我就是这样打发日子的。可是凌驾在这一切之上的只有一个感觉：没有出路。当然，我现在只能用人类的语言表达当初作为人猿时的感觉，所以表达得并不准确；可是虽然我无法恢复往昔人猿生涯的真实感受，我刚才所说的情况无疑还是虽不中，亦不远矣。

这以前，我对什么都很有办法，可是现在却一筹莫展。我给拴住了。就算我给钉死在一个地方，我自由行动的权利也不至于比现在更小些。怎么会落到这步田地的呢？搔搔足趾之间的嫩肉，我找不到答案。用背脊死命地顶铁条，直到自己险些给勒成两半，我还是得不到答案。我一无出路，但是我必须找到出路，否则我就活不下去。老是这样面对着柜子——我这条命非断送不可。可是在海京伯马戏团看来，柜子跟前恰恰是最配人猿待的地方——既然如此,那我只得不当人猿了。这真是一个周密而清晰的结论啊,我准是用尽肚子的能耐构思出来的,因为人猿是用肚子思考的。

我担心人们不太了解我所说的"出路"指的究竟是什么。我是基于最完整也是最通俗的意义来用这个词的。我故意不用"自由"之类的字样。我指的并非任何方面都无拘无束、海阔天空的感觉。也许因为我是人猿吧,我知道这意味着什么。我也见过渴望自由的人。可是就我来说,不论过去或是现在,我都不希望享受这种自由。请允许我顺便插一句:我甚至觉得,人类因自由两字而上当受骗是否已经太多了一些?正因为自由被视作最最崇高的感情之一,所以,相应的失望也算是崇高的了。好多次,在杂耍戏园子里,还没轮到我上场的时候,我常常看空中飞人怎样在屋顶高处的秋千上表演。他们摆动自己的身子,晃来晃去,向空中跳去，扑进对方的手里，这一个用牙齿咬住那一个的头发。

我就想道："这样的自我约束居然也算人类的自由。"

这对神圣的大自然母亲该是多大的讽刺！要是让人猿看到这种表演，戏园子的墙壁不给他们笑坍才怪呢。

不，我所需要的并不是自由。我只要有个出路，右边、左边，随便什么方向都成；我再也没有别的要求；即使这个出路到头来仅仅是个幻想，那也无妨；我的要求很低，失望起来也不致太惨。我要出去，随便上哪儿去都成！反正不能一动不动地蹲着，举着胳膊，死在一堵木板墙之前。

今天我看得很清楚，没有内心深处的平静，我是永远也找不到出路的。而且实际上，我后来所获得的一切都要归功于船上头几天内心的平静。但是我之所以能够平静还得归功于船上的水手。

不管怎么说,他们骨子里都是好人。我今天一回想起老在我半梦幻状态的头脑中回响的他们那沉重的脚步声,还是觉得十分愉快。他们有这样一个习惯,不管做什么事,都是越慢越好。比如说,一个人打算擦眼睛,他把手慢慢地举起来,活像那是一副千斤的担子。他们的玩笑开得很粗野,可也很痛快。他们的笑声总混杂着咳嗽声,听起来很怕人,其实并没有什么。他们嘴里总有东西要吐,至于吐出去落在什么地方却从来不管的。他们老是埋怨我把跳蚤传给他们,然而他们并不真生气。他们知道我那一身长毛能藏跳蚤,而跳蚤嘛总是要跳的:这在他们仅仅是个常识问题。

逢到不值班,他们往往围成半圆形坐在我周围;他们不大说话,只是彼此间哼上几声,一味抽烟斗,伸直四肢躺平在柜子上;只要我稍微有点儿动作，就大拍膝盖；时不时还有人找根棍子来给我搔痒。如果今天有人邀请我再到船上游弋一番，我肯定要拒绝，但是，同样肯定的是，我在中舱度过的岁月的回忆倒也不全是可憎可厌的。

我在这些人当中得到了平静，这是我不想逃走的最主要原因。现在回想起来，我当时仿佛也隐隐约约地感觉到，我要么就是找到出路，要么就是死，可是逃走并不是我的出路，我现在弄不清楚逃走是否真的可能，不过我相信当时一定有可能，对于人猿这永远是可能的。今天，我的牙齿咬硬壳果时都得多加小心了，可是那会儿，我准能逐渐把笼子的门锁咬穿。

我并没有这样做。这对我又有什么好处呢？只要我刚把头探出去，他们就会重新抓住我，把我关进更坚固的笼子里去的；也许我可以钻到别的动物堆里，不致受到注意，譬如说，钻到蟒蛇当中去，它们就在我对面,不过它们会把我缠得闷死过去的;就算我真的溜上甲板,跳出了船舷,我只会在深深的海洋里晃动一小会儿,接着就沉落下去。这一切都是无望的努力而已。当时,我可没有像今天这样以人的思考方式把事情想得一清二楚,不过在周围环境的影响之下,我行动起来仿佛都是想好了似的。

其实我并没有想好;不过,我一声不响把什么都看在眼里。我瞧着这些人走来走去,老是这几张脸,老是这些动作,我甚至还常常觉得,这些都是同一个人。这样说来,这个人或者这些人是可以自由自在地走来走去的了。一个崇高的目标朦朦胧胧地升起在我的面前。没有人答应过我,假如我变得和他们一模一样,我笼子上的铁条就可以撤走。人们对这种显然不可能的偶然事件是不会许愿的。可是,如果真的做到了,那么,得到的结果事后回想起来恰好与事先所设想的不谋而合。现在，我对这些人本身已经没有太大的兴趣。假如我当时决定献身于争取前面提到的那种自由，我当然情愿选择深深的海洋，而不愿走这些人沉重的脸色所提示的出路。总而言之，我根本还没想到这些事情，就已经把他们观察了很久；事实上，完全是由于大量观察，终于使我走上这条明确的道路。

要模仿这些人真是易如反掌。头几天，我就学会了吐唾沫。我们常常互相唾脸，唯一的区别就是我事后把脸舐干净，而人却不这样。很快，我抽起烟斗来就像个老烟枪了，每逢我用大拇指压压烟袋窝，整个中舱就响彻了一片赞赏的哄笑声；不过，很久之后我才分清塞满烟丝的烟斗与空烟斗之间有什么不同。

最叫我头疼的是荷兰杜松子酒。光是这玩意儿的气味就叫我作呕，我尽量强迫自己学着喝，我用了好几个星期才总算克服了嫌恶之感。说也奇怪，水手们对我这方面的内在矛盾比其他的事都更关心。我记忆中已无法把水手们一个个区分开来了，不过反正有一个人老是上我这儿来，有时独自一人，有时和朋友们一起，白天来，晚上也来，不管什么时辰都来；他总是手里拿着瓶子在我面前摆好姿势教导我。他不了解我。他要猜透我身上的谜。他总是慢慢地拔开瓶塞，瞧瞧我，看我有没有跟着他做；我承认我总是万分热烈地注视着他，甚至注意得过了分；世界上没有别的老师能找到像我这样努力模仿人类的学生。他拔开瓶塞后就将瓶子举到嘴边；我的眼睛一直盯到了他的下巴；他就点点头，对我很满意，又把瓶子放到唇边；我因为自己茅塞渐开而心醉神迷，一边尖叫，一边到处乱搔乱挠；他欢叫起来，倾侧瓶子喝了口酒；我死命地想亦步亦趋，一着急，在笼子里撒了泡尿，这又使他大为满意；这以后，他伸直擎着酒瓶的胳膊，蓦地往回收，一口气把酒喝干，然后用夸张的姿势向后一靠，好让我学起来容易一些。我做得过于认真，已经累垮了，再也无法跟他做下去，只是软绵绵地靠在铁栏上；而他呢，又揉揉肚子，笑了笑，从而完成了全套理论性的示范表演。

学过理论就开始实践。我不是已经被理论的教育弄得精疲力竭了吗？的确是的，我已经极度地精疲力竭了。但我本是生就的劳碌命啊。我终于还是接受了别人递给我的瓶子，仿佛我很能喝似的；我颤抖地拔去瓶塞子：这个成功的动作总是逐渐灌输给我以新的力量；接着，我简直是惟妙惟肖地照老师刚才的样子，举起瓶子，放到唇边，然后——然后就厌恶地，极端厌恶地把瓶子往地上一扔，虽然瓶子是空的，里面只有酒的气味。这使我老师悲哀之至，但更悲哀的却是我自己；虽然我扔了瓶子，却还没有忘记用最优美的姿势揉揉肚子和笑上一笑,但是这并不能给师徒俩带来真正的安慰。

我的训练往往就在这样的局面中结束。真亏了我的老师,他并不生气;的确,有时他会用燃着的烟斗烫我的毛皮,以致有些我不易摸到的地方都冒烟了,可是他接着又用他那慈爱的大手把火扑灭;他并没有生我的气,他很明白我们都站在同一条战线上,为消灭人猿的本性而斗争,而我这方面的任务是更为艰巨的。

有一天晚上,大概在举行什么庆祝典礼吧,留声机唱着,一个官员在水手当中转来转去——就在这天晚上,趁人家没注意,我拿起一瓶不留心放在我笼子跟前的荷兰杜松子酒。这当儿,人们开始兴趣越来越浓地注视着我,就在这群参观者面前,我用最优美的姿势拔去瓶塞,毫不迟疑地把酒放在唇边,眉头没皱一皱,活像个老酒鬼,我滚动着眼珠，屏足了气，老老实实、正正经经地把酒喝了个半滴不剩；接着又扔掉瓶子；这回可不是出于嫌恶了，而是作为一种艺术表演；诚然，这一回我忘了揉肚子，却做了另一件事。由于酒意的驱使，由于头脑在打转，我竟用人类的语言干脆而准确地发出了一声"哈啰"，就是这次突变把我送进了人类社会。马上，传来了回音："听，他说话了！"这给我通体流汗的身子带来了抚慰。你们想，这对我的老师和我自己是一个多么巨大的胜利！

让我重复一遍：模仿人类对我来说并没有什么乐趣；我之所以模仿他们，是因为我需要有个出路，完全没有别的原因。即使是我刚才所说的那种胜利，我也没有取得多少。很快，我又失去了我的人的嗓音，过了好几个月才重新获得；我对杜松子酒的厌恶又出现了，而且愈演愈烈。不过我所选择的道路却永远走定了，毫无回旋的余地。

当我在汉堡给交到第一个驯兽人手里的时候，我马上就明白在我面前只有两条路：要么就是进动物园，要么就是进杂耍戏园子。我丝毫也没有犹豫。我对自己说，要想尽一切办法进杂耍戏园子。动物园只不过等于一只新的笼子；一旦进了那儿，你就算完了。

因此，先生们，我就拼命地学习。啊，当你不得不学的时候，你是会拼命学的；当你需要找一条出路的时候，你是会拼命学的；你会不计一切代价地学。你会让鞭子来监督自己，有一点点小毛病就会把自己骂得狗血喷头。我的人猿脾气离开了我，一溜烟儿地逃得无影无踪，而我的启蒙老师自己却险些变成了人猿，他不得不立即停止执教鞭而进了一家疯人医院。好在他不久之后就给放出来了。

可是我的确累坏了许多老师，有几个甚至是同时给我累坏的。到了我开始对自己的能力有些信心的时候，到了公众对我的进程发生兴趣，我的未来开始变得光明灿烂的时候，我就自己聘请老师，我把他们安置在五间相通的房间里，自己不间断地从这间跳到那间，同时接受他们的教诲。

我的进步真是一日千里！知识的光辉怎样从四面八方渗入我那不断觉醒的脑子呀！我不想否认：我学习起来真是轻松愉快，左右逢源。我也必须承认：我没有夸大其词，当时不曾，现在更是没有。我用世上从来没有过的惊人的毅力，使自己达到了一个普通欧洲人的文化水平。这件事本身也许不值一提，然而正是它，帮助我走出了樊笼，替我开辟出一条道路——人类的道路。有一句德国俗话真是至理名言：走最难走的路。我正是这样做的，我走的正是最难走的路。我的路已经走完了，只除了争取自由，但这本来不是我所选择的目标。

当我回顾我的发展道路，检阅我的成绩时，我既不妄自菲薄，但是也不志得意满。我双手在裤袋里一插，桌子上有的是酒，在摇椅上半躺半卧，望着窗外；要是来了参观者，我就以得体的礼节不卑不亢地接待他。我的经理坐在外面的接待室里；我一按铃，他就进来听候我的吩咐。我几乎每晚都演出，我的成就可以说得上登峰造极。当我深夜从结束的宴会、科学界的招待会和社交集会中回家时，总有一只半驯服的小黑猩猩坐着等我，我又像一只人猿那样，从她那里得到安慰。要是在白天，我看着她就受不了；因为她眼睛里有那种半开化野兽的凶光；别人看不出来，我可看得出，这是我无法忍受的。

不管怎样，总的来说，我还是达到了预定的目的。人们不能说我的努力是没有价值的。况且我不是在呼吁什么宽大为怀的判决，我只是在传播知识，我只不过是做了个报告。对你们诸位亦复如此，可敬的科学院院士们，对于你们，我也仅仅是做了一个报告。

李文俊　译

在法律的门前

在法律的门前站着一个门卫。一个乡下人走向这个门卫,请求进入法律之门。但是门卫说,他现在不能允许他进入。乡下人想了一下,然后问,以后能不能进去。

"以后有可能,"门卫说,"但现在不行。"

由于通向法律的大门一直敞开着,而门卫此时也走到了一旁,乡下人就向前探头探脑,想透过大门往里头一看究竟。

门卫见他这样,笑了,并且说道:"瞧你被它这么吸引,那你就试试吧,不管我的禁令,往里走好了。但你要注意:我是强大的。而我还只是最低一级的门卫。里面每个大厅门口都站着门卫，一个比一个强大。连我这样强大的，看到第三个都不敢再看下去了。"

如此难关重重让乡下人颇感意外；他觉得，法律应该是属于大家的，它应该是通向每个人的，它的大门应该是向每个人敞开的。

他仔细地瞅了瞅这个门卫，见他穿着皮大衣，长着一个鼻梁高高的大鼻子，鞑靼人似的胡子又黑又长，很稀疏。乡下人决定，宁可等下去，直到获批进去为止。

门卫递给他一个小板凳，让他坐在大门旁边。他在那儿坐了一天又一天，一年又一年。他做了许多尝试，想让门卫放他进去，门卫都让他求得疲倦不堪了。门卫不时地盘问他几句，问他打哪儿来的，家乡在哪儿，等等，都像公事公办的问题，干巴巴的仿佛出自那些大老爷之口；末了仍对他说：

你还是不能进去。

乡下人为了出这趟门,带了许多东西,四处打点,疏通关系,该花的都花了,值钱的还得拿出来,用来贿赂门卫。

门卫来者不拒,东西照收不误,然后大言不惭地说:"我收下这个,只是为了不让你觉得:我哪里还没有尽到意思。"

在等待的这一年年当中,乡下人几乎不间断地观察着这个门卫,忘了还有其他的门卫,似乎只有这哥儿们是阻止他登堂入法律门的唯一障碍。他诅咒这种让他倒霉的偶然性:怎么偏就摊上了你这个王八蛋!在等待的头几年里,他还毫无顾忌地大声诅咒;后来,他老了,骂不动了,就喃喃自语唠唠叨叨几句。他变得越来越孩子气了。由于经年累月地研究门卫,他连他皮衣翻领上的跳蚤都认得出来,他就连跳蚤也恳求,帮他使门卫改变态度。

最后,他的视力也不行了,弄不清四周是真的变暗了呢,还是他产生了错觉。不过,他现在能清楚地看出,一道永不熄灭的光,在黑暗中正从法律的大门里破绽而出。可是他现在活不长了。在临终前,他把毕生经验全部在脑子里集聚成一个至今没向门卫提出过的问题。由于身子已僵得不能再站起来了,他只能向门卫示意叫他过来。门卫不得不向他深深地弯下腰去,因为这两个人的高度差别已经朝着对乡下人不利的方向转变了很多。

"你现在到底还想了解些什么呢?"门卫问他,"你可真倔强啊!"

"人人都在追求法,"乡下人说,"可是这么多年来,除了我,却没人要求走进法的大门,这是为什么呢?"

门卫看得出来,这个人气数已尽,走到他的尽头了；为了让他正在衰亡的听觉还能听得到，门卫朝他大声喊道："这里再也没人能够进去了，因为这个大门只是为你而开的。我这就去把它关上。"

冷杉 译